KB154182

사는 기분

• 2017년부터 지금까지 《이코노믹리뷰》에 연재된 칼럼을 새롭게 엮었습니다.

• 시기를 밝혀야 할 글에는 본문 말미에 수록 연도를 표기했습니다. 2016년으로 표기된 일부 글은 '오화통(오각진이 화요일에 보내는 통신/오! 화통한 삶이여!)'을 통해 지인들에게 전한 글입니다.

오각진 산문집

사는기쁨

홍시

오각진 산문집 · 사는 기분 **차 례**

2

아주 구체적인 사랑의 모습

3

'혼자'보다는 '우리'라서 더 좋은

4

매일 배우며 삽니다

5

내 인생, 아직도 제철입니다

추천의 글

이 책의 저자 오각진과의 인연이 벌써 30여 년이 되어간다. 삼성에서 분리 독립한 전주제지가 한솔로 이름을 바꾸고, 청년 정신이라는 기업 이미지를 표방하며, 새로운 기업 문화로 일신하고자 할 때 청년 오각진이 도와 달라고 찾아왔던 기억이 난다. 이후 10여 년 넘는 과정에는, 익히 알려진 대로 우리나라 기업 문화의 모범적인 사례로 지금도 평가되는 한솔 문화를 내부 구성원들의 일치와 도약을 위한 구심점이 되게 함은 물론, 기업의 존재 이유와 실제 모습을 일체화시켜가며 선진적인 기업 문화를 조성하려는 노력이 있었다. 그 결과물 중 하나가, 한솔이 삼성에서 독립한 지 얼마 안 되어 대학생 입사 선호 기업 1위에 오르는 기록이었으리라. 이후 전통한지연구소 개소, 사외보 한솔 창간, 한솔종이박물관 개관 등 한 단계 수준 높은 기업 문화 활동을 전개할 때도 그가 관여해서 기쁜 마음으로 도왔다. 당시 그렇게 열정적이던 청년 오각진이 이제 환갑이 되었다고 해서 함께 파안대소를 했다.

오래 인연을 이어오며 그에게 궁금한 게 있었다. 일을 잘하는 것과 새로운 일을 생각하는 것의 양립이 쉽지 않은데, 그걸 잘 해내더라는 것. 삼성맨 이미지에 예술가 같은 자유로운 구석이 많이 담겨 있었던 모순이라고 할까. 이제 34년여의 회사 생활을 마치고, 나무 공부, 집필, 강의 등으로 인생 후반전을 준비하는 그가 그간 참아왔던 예술가적인 기질을 잘 발휘

하여 제2의 인생도 마음껏 펼치길 기대해본다.

한때 문청을 꿈꾸었다는 그의 글솜씨가 제법인 줄 알았지만, 이번 산문집을 보니 수준급임을 알게 되었다. 일상의 즐거움을 따뜻한 시선으로 길어 올려 우리를 보다 행복하게 만드는 길로 인도하는 듯하다. 그가 가진 자유로움과 따뜻함의 소산이라 생각한다. 장별 제목처럼 자신을 살피고, 책 내용처럼 중년을 살아낸다면 인생 후반전에서도 나름 성취를 거두리라 믿음을 갖게 된다. 바람직한 중년의 마음 사용서라 할까?

이제까지 바람 많은 큰 나무 밑에서 우리나라 기업 문화 조성에 획을 그었듯이, 앞으로 전개될 중년의 삶에서도 파이어니어답게 멋진 행로를 만들 것을 진심으로 기원한다. 서로 말이 통하고, 말을 잘 알아들어 즐거웠던 기억이 선명히 난다. 앞으로 더 오래 지켜보고 싶은 마음이라는 것을 저자에게 전하고 싶다.

2020년 새해

이어령

책을 열며

인생의 반환점에 선 중년 세대들이 막다른 골목에 처한 듯한 답답함을 토로하는 모습을 자주 접합니다. 지금까지의 삶에 대한 회한, 되돌아가지 못할 젊은 시절에 대한 아쉬움, '뒷방'으로 물러난 데서 오는 소외감, 앞으로의 삶에 대한 막막함···. 같은 지점을 통과하며 번민하는 저에게도 그 아픈 마음이 오롯이 전해졌습니다. 그때부터 주변을 향해 손을 내밀기로 했습니다. 저를 있는 그대로 드러내는 방식으로 말이지요.

스스로를 성찰하고, 고백하는 마음을 글에 눌러 담았습니다. 그러면서 제 인생은 가까이 있는 것들의 소중함을 깨닫고, 더 알아가는 시간들로 채워졌고, 하루하루 확장되었습니다. 이만큼을 살아도 '진정한 어른'이란 어떤 모습인지 정의하기 어렵지만, 혼란스러운 날이나 가슴 저미는 날에도 소소히 웃어보려는 마음으로 사는 것이 진정한 어른 되기의 과정이라는 생각이 듭니다. 이런 과정을 앞으로도 동년배들과 함께 나누고자 합니다.

'바람이 불지 않으면 노를 저어라.' 처칠이 한 말입니다. 평온한 인생의 후반을 기다리던 제게, 계속 도전하고 꿈을 가질 것을 권하는 말로 들렸습니다. 앞으로 펼쳐질 인생 후반전의 멋진 도전과 행복한 경주를 기원합니다!

2020년 1월, 오각진 드림

1

이만큼이나
웃을 일이 많습니다

마음이 열리는 경험

지난 주말이 봄꽃의 절정이었다는데, 꽃구경은 제대로 하셨는지요? 저는 가족과 나들이를 가려고 했는데, 날씨 탓에 취소를 했습니다. 텔레비전에 기상캐스터가 마스크를 쓰고 나와 스모그와 미세먼지의 심각함을 전달할 정도로 공기가 좋지 않았지요. 저는 무엇보다도 뿌연 대기로 인해 해를 볼 수 없다는 사실에 기분이 움츠러들었습니다. 문득 예전에 본 영화 〈인터스텔라〉에서 해가 없는 나날이 계속되다가 끝내 지구 멸망의 날이 왔던 기억도 나고 말이지요.

이렇게 우중충한 날씨에 갇혀 지내다 보니, 불과 일주일 전에 거짓말처럼 벌인 일탈이 생각났습니다. 마음이 맞는 후배들과 지방 출장을 갔다가 무언의 의기투합으로 서울로 올라오던 길을 갑자기 바꿔 고속도로에서 그리 멀지 않은 산사로 향했지요. 해 질 무렵, 방문객들도 다들 떠날 때쯤 들어선 산사는 적막 그 자체였습니다.

1,000년도 더 된 사찰 주변에는 온갖 꽃들이 만개해 있어

산사가 온통 환하게 다가왔습니다. 휘어진 나무를 그대로 기둥과 대들보로 쓴 요사채(절에 있는 승려들이 거처하는 집)와 그 주변에 활짝 핀 꽃이 묘하게 조화를 이루었습니다. 비가 오고 난 직후라 비에 젖은 흙냄새도 전해졌습니다. 솔향기와 꽃향기에 섞인 채였으나 온전한 흙냄새 그 자체였습니다.

마침 저녁 예불 시간에 맞춰 범종이 울렸습니다. 산자락에 퍼져나가는 그 소리를 들으며 잠시 눈을 감았는데, 제가 어디에 있는지 잊고 싶었습니다. 어두워질 때까지 이곳저곳을 거닐었지요. 도시에서는 온갖 소음 때문에 우리가 내는 소리에 집중하기가 어려웠는데, 산속에서는 달랐습니다. 조용조용 얘기하는 후배들의 말소리가 그대로 들려와서 더 정겹게 여겨졌습니다. 우리들이 내는 발소리 또한 조심조심 내딛는 마음이 그대로 느껴졌습니다.

잔가지 나무 섶에 숨겨진 주인 잃은 새집을 발견했습니다. 꺼내서 조심스럽게 보고는 그 위치에 도로 놓았습니다. 모든 것이 새로 시작하는 이 생명의 계절에 이름 모를 새가 새집에 다시 깃들길 바라는 마음이었습니다. 석양보다 붉게 핀 홍매를 횃대처럼 남겨두고 산사를 내려왔습니다. 귀경을 잠시 늦춘 우리에게 산사는 우리의 감각을 열게 만들어주었고, 이어 마음을 열게 했습니다. 그 절 이름은 개심사(開心寺), 말 그대로 마음을 여는 절이었습니다.

무엇이 중한가요?

얼마 전 호스피스와 관련된 책을 읽고, 공교롭게 사진전도 다녀왔습니다. 혹시 채플런(chaplain)이란 말 들어보셨나요? 호스피스에서 죽음을 마주한 환자들에게 정서적인 위안을 주는 사람을 말합니다. 영적 간호사라고나 할까요.

케리 이건의 책 『살아요』에는 저자가 호스피스에서 채플런으로 일하며 죽음의 문턱에 선 사람들과 나눈 이야기가 담겨 있습니다.

그녀가 스물여섯 살 무렵, 병원에서 채플런으로 일하기 시작했을 때의 일입니다. 한 교수가 병원에서 주로 무슨 일을 하는지 묻자, 그녀는 "환자들과 대화한다"고 답했습니다. 이에 교수는 죽어가는 사람들과 무슨 이야기를 하냐고 다소 위압적으로 되묻습니다. 신이나 종교, 인생의 의미에 대한 이야기를 나누느냐고 덧붙여 질문하지요.

저자는 교수의 질문에 그렇지 않고 대부분 가족에 대해 이야기한다고 대답합니다. 그러자 교수는 '허' 하고 탄식하며 만약 자기가 죽음의 순간이 가까워져 병원에 있게 된다면 고작 가족에 대한 이야기나 하는 채플런과는 만나고 싶지 않을 거라며 그녀에게 수치심을 안깁니다.

그 일로부터 15년이 넘게 지난 지금, 저자는 "죽어가는 사람들과 무슨 이야기를 하는가?"라는 질문을 다시 받는다고 해도 같은 대답을 할 것이라고 말합니다. "가족의 사랑에 대해서"라고요. 다한 사랑, 못 다한 사랑에 대해서.

'있는 것은 아름답다'. 마침 케리 이건의 책을 읽던 시기에 다녀온 사진전의 제목입니다. 로스앤젤레스를 기반으로 하는 사진작가 앤드루 조지가 호스피스 병동의 시한부 환자 스무 명의 초상을 찍고, 그들과 인터뷰한 내용을 전시한 것입니다. "당신에게 기쁨을 주는 일은 무엇입니까?"라는 사진작가의 질문에, 죽음에 맞닥뜨린 이들이 이렇게 대답했습니다. "사람들이 웃는 모습을 보는 일이요", "어린 시절을 떠올릴 때요." 환자들의 대답이 소박하기만 합니다. 그중 한 사람의 말이 특히 기억에 남습니다.

"인생은 기뻐하며 즐길 일이 가득한데도, 우리는 참 즐기지 못하는 것 같아요."

전시장을 나와 한낮의 뜨거운 포도에 서 있는데, 그분들의 선한 눈매가 선연히 떠올랐습니다. 가까이 있는 것의 소중함을 비로소 깨달은 분들의 눈이었습니다.

늦기 전에

오랜 친구들과 부부 동반으로 제주를 다녀왔습니다. 여행의 주제는 유행가 제목인 '늦기 전에'였지요. 50대에 접어들던 10여 년 전부터 친구들끼리 조금씩 저축을 해오고 있습니다. 목적은 더 나이 들면 유럽으로 지중해 크루즈 여행을 가자는 것. 그런데 이제 60이라는 나이가 다가오자 늦기 전에 슬슬 실행하자고 의견이 모아진 것이지요. '다리 떨릴 때'가 아니라 '가슴 떨릴 때' 일단 가까운 곳부터 가보자는 거였습니다.

2박 3일 여행 일정은 제주가 고향인 친구가 도맡았습니다. 거기에 "남이 해준 밥은 다 맛있다"고 다정하게 이야기하는 친구 아내들이 있었으니, 여행은 시작부터 이미 성공의 예감이 들었습니다. 하루 일정을 시작할 때마다 여행의 구호인 "2박 3일!"을 장난스럽게 외치며 친구들과 와하하 웃기도 했고요. 그리고 이어지는 맛난 향토음식, 아름다운 풍광…. 그 무엇에 쫓길 것도, 얽매일 것도 없는 시간이었습니다.

송악산 올레길에서 멀리 바다를 바라보는 기분은 남달랐습니다. 또 감귤밭에 자리한 펜션에서 하루 묵으며 귤 향기에 취하기도 했는데, 마치 먼 이국에 와 있는 기분도 들었습니다. 서울에 돌아와서도 그 냄새가 따라온 듯 특별한 여운으로 남았습니다. 자정의 '치맥 파티'도 아주 근사했습니다. 불량식품을 먹을 때 느끼는 묘한 해방감을 맛보았달까요? 이제껏 이른 출근이나 다이어트 압박 때문에 꿈도 꾸지 못한 일이었습니다.

그렇게 2박 3일을 보내고 오니, 모두들 한 뼘씩 자연에 가까워진 것 같았습니다. 역시 '늦기 전에'는 앞을 향해 가는 모든 세대에게 울림을 주는 말이지 싶었습니다.

5월의 미풍처럼

여행작가 빌 브라이슨이 쓴 미국 애팔래치아 트레일 종주기를 킥킥거리며 재미있게 읽었습니다. 애팔래치아 트레일은 미국 동부 해안을 따라 조지아 주에서 메인 주까지 14개 주를 연결하는 세계 최장의 트레일로 무려 3,520킬로미터에 달합니다. 저자는 자신의 자취를 단순히 기록하는 것에 그치지 않고, 그야말로 생생하고 재기발랄하게 표현합니다. 예를 들어 이런 식입니다. 트레일을 걷다가 우연히 마주친 곰에 대해 "이곳의 곰들은 사람 하면 음식을 떠올린다"고 묘사하지요.

  가장 인상적인 내용은 그가 처음에는 트레일의 전 코스를 종주하기로 계획했다가 막상 너무 힘들자 트레일 경로의 일부를 건너뛰는 부분이었습니다. 저자는 종주 초반, 의기양양하게 출발해서 악전고투하며 걷던 중에 트레일 인근의 상가에 걸려 있던 트레일 전도를 보게 됩니다. 가로 15센티미터, 세로 120센티미터의 직사각형 전도를 보고는, 그때까지 힘들게 걸어온 길이 고작 직사각형의 밑바닥에 해당하는 5센티미터에 불과한 것을 깨닫고 경악하지요. "머리카락도 그보다 더 자랐는데…"라면서요. 이어 계속 종주를 이어나갈지 말지 고민을 거듭합니다. 고민 끝에, 종주에 크게 의미를 두지 않고 가볍게 생각하기로 합니다. 걷기 힘든 구간은 차로 이동해 건너뛰기로 하고요.

결국 최종 목적지인 메인 주에 도착은 하지만, 애팔래치아 트레일의 전체 거리인 3,520킬로미터 중 40퍼센트 정도에 그치는 1,400킬로미터만 걷게 됩니다. 사실 1,400킬로미터를 걷는다는 것도 대단한 일입니다. 백두산에서 지리산까지 이어지는 백두 대간이 1,400킬로미터라 하니 얼마나 긴 거리인지 가늠이 되시겠지요?

저자는 종주 실패에 아쉬워하지만, 그래도 애팔래치아 트레일을 경험한 사실 자체에 만족합니다. 이전보다 체력도 강해졌고, 숲을 비롯한 자연에 대해 크나큰 존경심을 갖게 되었으니까요. 저는 그의 도전이 재미있기도 했고, 종주를 할 것인지 말 것인지 선택해야 하는 상황에서 가볍게 마음을 고쳐먹는 모습에서도 깨달음을 얻었습니다. 모든 일에 진지한 저에게 한 방 먹인 것도 같았지요. 인생을 살아가며 우리가 숱하게 맞게 될 갈림길, 이럴 때 홀가분한 마음으로 선택할 일이 많았으면 좋겠습니다. 5월의 미풍만큼 가볍고 싶습니다.

·

사소한 일들의 행복

지방 출장 중에 기억에 남는 장면을 보았습니다. 할머니 한 분이 노란 꽃이 핀 화분을 안고, 더할 수 없이 행복한 표정으로 귀가하는 모습! 빨리 집에 가서 식구들에게 꽃을 보여주고 싶다는 듯 얼굴은 은은한 기대감으로 물들어 있었습니다. 자그마한 화분 하나에 마냥 들뜬 마음인 것 같아 저 또한 잔잔하게 미소가 지어졌지요. 그 기분 좋은 모습이 계속 보고 싶어서 한참을 눈으로 따라갔습니다. 우리나라가 전 세계 행복지수 순위에서 54위라는데, 저런 마음이 퍼져나가면 '행복 지수 하급반'에서 탈출할 수 있지 않을까 싶었습니다.

제2차 대전이 막을 내렸을 때, 미국의 원조협력단체는 패전국 독일이 도와줄 만한 가치가 있는 나라인지 알아보기 위해 독일의 민가를 찾았다고 합니다. 그런데 한 가지 인상 깊은 점을 발견했습니다. 전쟁이 할퀴고 간 피폐한 상황에서도 집집마다 화분을 둔 모습이었지요. 어느 집이건 창가에 화분 하나씩을 꼭 걸어두었답니다. 이를 통해 독일 사람들의 회생 가능성과 희망을 확인하고, 그들의 저력을 높이 평가했다네요.

『행복의 기원』을 쓴 서은국 교수는 우리 뇌는 일차적으로 '사람'에 중독되어 있고, 다음으로 '먹는 즐거움'에 중독되어 있다고 합니다. 그래서 좋아하는 사람과 식사하면 행복감이 배가된다는 것이지요. 저는 이 말이 행복은 멀리 있지 않고, 가까운 데서 찾을 수 있다는 이야기로 들렸습니다.

그러고 보니 며칠 전에 행복했던 순간이 떠오릅니다. 출장 일정을 마치고 서울 올라오는 길에 동료와 서산 시장터의 해물탕집에서 저녁을 먹었습니다. 주인장이 바쁜 와중에도 해물탕 국물로 만든 비빔밥 먹는 법을 설명해주는 겁니다. 조미김 한 장에 비빔밥을 한 숟가락 떠 넣고, 그 위에 어리굴젓 하나를 올려 먹어보라고…. 기가 막혔습니다! 약간 자극적인 듯한 감칠맛이 입안 가득 퍼지자, 일순간 행복했습니다.

한 송이 꽃에 행복감을 느끼는 마음같이, 한 숟가락의 비빔밥에 행복을 느꼈던 순간같이, 사소한 일들에 자주 행복해질 수 있다면 좋겠습니다.

산사에 가면

2019년 6월, 유네스코 세계유산위원회는 우리나라의 산사 일곱 곳을 세계유산 목록에 등재하기로 결정했습니다. 그 일곱 곳은 통도사(경남 양산), 부석사(경북 영주), 봉정사(경북 안동), 법주사(충북 보은), 마곡사(충남 공주), 선암사(전남 순천), 대흥사(전남 해남)입니다. 세계유산위원회는 "서기 7~9세기 창건 이후 현재까지 이어지는 지속성, 한국 불교의 깊은 역사성을 고려했을 때 세계유산 등재 조건인 '탁월한 보편적 기준'에 해당된다"며 등재의 이유를 밝혔습니다.

산사는 동아시아 불교의 핵심적인 특징으로, 전통적으로 신앙과 생활과 수행이 한곳에서 이루어지는 곳을 일컫습니다. 그러나 이 전통이 지금까지 이어지고 있는 곳은 우리나라가 유일한데, 유네스코가 바로 이 점을 높이 인정한 것이지요. 예를 들어 중국은 문화대혁명 이후 산사의 전통이 끊겼고, 일본은 많은 승려가 집에서 출퇴근을 한다고 합니다.

저는 일곱 산사 중에 봉정사를 빼고는 두 번 이상씩은 다녀왔습니다. 지방으로 출장을 갔을 때 자투리 시간을 이용해 주변 사찰이나 유적지를 찾아 조용히 산책을 하곤 했습니다. 긴 겨울의 뒤끝엔 봄맞이를 갔다가 홍매를 찾아 선암사에 가거나, 수목이 울창한 여름엔 마곡사 들어가는 길을 걸으며 비를 맞았습니다. 가을 단풍 속 혹은 눈이 차분하게 쌓인 대흥사나 법주사, 통도사 경내를 걸었던 기억도 납니다. 겨울 초입에 부석사를 찾아 쇠락(衰落)이라는 말을 생각했던 날도 있었습니다.

세계유산위원회의 산사 선정 배경을 들으니, 산사 방문의 방식을 조금은 바꿔야 할 것 같습니다. 그저 휘ー 한번 돌아보는 게 아니라, 시간을 더 들여 깊이 느껴볼 수 있도록 말이지요. 여름이나 겨울 동안 조그만 방에서 홀로 면벽참선하는 스님, 쓸어도 쓸어도 눈이 쌓이는 날에 수행하듯 마당을 비질하는 스님, 모두들 산을 내려간 늦여름의 어스름한 시간에 환하게 불 밝히고 공부하는 스님. 앞으로 산사를 가면 좀 더 차분히 둘러보아야겠습니다.

나만의 마음 근육 키우는 비법

'회복탄력성(resilience)'이란 말을 아시나요? 회복탄력성이란 원래의 자리로 돌아오는 힘을 뜻하는 심리학 용어입니다. 역경이나 실패에 대한 경험을 도약의 발판으로 삼는 '마음의 근육'을 의미합니다.

얼마 전 운전을 하다가 라디오 프로그램 진행자가 회복탄력성에 대한 멘트로 첫인사를 시작하는 것을 들었습니다. 힘든 일상을 견디고, 이겨내기 위해서 회복탄력성, 즉 마음의 근육을 키울 것을 권하더라고요. 그 말을 듣는 순간, 최근 접한 두 가지 일이 떠올랐습니다.

하나는 친구 내외와 집 근처 먹자골목에서 저녁을 먹다가 우연히 접한 풍경입니다. 식당과 이웃한 건물 2층에 1인 노래방이 있더군요. 다닥다닥 붙어 있는 비좁은 공간에서 사람들이 혼자 노래를 부르고 있었습니다. 생전 처음 보는 모습에, 무심코 지나치려다 그만 작은 방 안을 들여다보고야 말았지요. 춤추며 악을 쓰듯 노래하는 청년도, 정적인 자세로 노래하는 여학생도 있었지요. 그런데 왠지 모르게 안쓰럽고 쓸쓸하게 느껴졌습니다.

집에 돌아와 취준생 아들에게 이 이야기를 전하며 짠한 마음이 들었다고 하니, 거기를 아빠도 갔느냐며 놀라더라고요. 그러고는 자기도 가끔 스트레스 풀러 간다며, 단돈 천 원(천 원을 내면 세 곡을 부를 수 있다고 하네요)으로 스트레스를 풀 곳이 얼마나 되냐며 너무 안쓰럽게만 보지 말라는 겁니다.

또 다른 하나는 요즘 대부분의 산업 분야가 저성장인데 유독 수면과 관련한 산업만큼은 날로 높은 성장세를 보이고 있다는 기사를 접했습니다. 여러 이유가 있겠지만, 과도한 업무나 인간관계로 인한 스트레스, 숙면을 방해하는 스마트폰 사용 등으로 인한 수면 장애로 고통받는 사람들이 많아졌기 때문이라지요.

치료를 위해 전문가를 찾는 사람들도 늘어났고, 아늑한 숙면 환경을 만들어주는 베개, 심신을 안정시키는 향 등 숙면을 돕는 상품의 종류도 세분화되고 있다고 합니다. 잠잘 때야말로 하루 중 유일하게 제대로 쉴 수 있는 시간인데 그마저 누리지 못하는 사람들이 많은 것 같아 저도 씁쓸한 기분이 들었습니다.

가끔 높은 건물이나 산 위에 올라서서 아래를 내려다보며 이런 생각을 할 때가 있습니다. 거기서 불쑥 뛰어내린다 해도 눈 아래 펼쳐진 짙푸른 나무들이 저를 받아줄 것 같은 상상. 그 싱싱한 녹색의 넉넉한 마음이 제게도 온통 전염되리라는 생각이 듭니다. 그러면 머릿속에 얽혀 있던 근심이나 고민거리가 술술 풀리고, 무엇이든 새로 시작할 수 있을 것 같습니다. 이런 상상이 저만의 회복탄력성 높이기 비법이라 할까요?

꿈 같은 휴가의 추억

늘 붐비던 시내의 도로가 여느 때보다 널널해진 듯한데, 드디어 휴가철이 시작되었나 봅니다. 이번 휴가는 어떻게 계획하고 계시나요? 원래 휴가는 의외성이 있어야 제맛인데, 우리의 휴가는 보통 기간이 정해져 있거나 짧은 탓에 계획성(?) 있게 추진될 수밖에 없다는 점이 불만이지요. 기억에 남는 휴가를 꼽아보자면 저는 망외로 즐겼던 여행지 두 곳이 떠오릅니다.

　하나는 20여 년 전 광고 일로 출장 간 파리. 촬영과 가편집이 끝나고, 마무리로 전문가들의 영역인 색 보정 작업만 남은 시점이었습니다. 색 보정 담당자들은 자신들이 작업하는 동안 고객인 우리가 여기에서 대기할 이유가 없으니 4일 후에 와서 최종 확인만 해 달라는 겁니다. 생각지도 못한 제안이었습니다. 그걸 들은 시간이 금요일 오전. 그들의 추천을 받아 프랑스 동쪽 생말로를 여행지로 정하고, 파리 동역에서 고속열차를 탔습니다. 이어 시골 열차로 갈아타고, 목적지인 생말로에 도착했지요. 우선 해변 근처 호텔에 여장을 풀었습니다. 오전에는 해변에 배 깔고 누워 책을 읽고, 구슬놀이 하고, 오후에는 고성과 시장을 어슬렁거리며 달콤하게 나흘을 즐겼습니다.

다른 하나는 갑작스럽게 소나기를 만났던 아프리카 탄자니아. 아프리카의 배꼽이자 진정한 심장이라고 불리는 응고롱고로 분화구에서 사파리 투어를 했습니다. 날이 어두워져 응고롱고로 분화구 둔덕에 있는 로지에 도착했습니다. 캄캄함 그 자체인 밤하늘에는 무수히 많은 별들이 우리를 내려다보고 있었습니다. 그리고 잠시 후 축복처럼 쏟아졌던 소나기. 저는 곧바로 숙소를 뛰쳐나와 온몸을 흠뻑 적신 채 비를 맞으며 뛰어다녔습니다. 문득 낮에 보았던 동물들이 떠올랐습니다. 그들도 이 비를 함께 맞으며 저 하늘을 바라보리라고 생각하자 왠지 모를 연대감이 들더군요. 어둠 속, 저 아래로부터 들리던 그네들의 울음은 제 생각에 대한 화답으로 느껴졌습니다.

보들레르가 이렇게 말했다지요. "늘 여기가 아닌 곳에서는 잘 살 것 같은 느낌이다." 그래서 우리는 오늘도 휴가를 꿈꾸나 봅니다.

마음 둘 곳 있는 삶

지방 출장길, 이른 아침부터 고속도로를 달렸습니다. 회의에 늦지 않으려면 좀 더 빨리 달려야 했는데, 단풍이 절정인 길가 풍경에 그럴 수가 없더군요. 특히 아침 햇살과 안개가 단풍나무와 만나 만들어내는 아련한 풍광은 가슴 떨림 이상의 울림을 주었습니다.

이 나이쯤 되니 마음이 동할 때 홀로 찾아가서 사색하고, 위로받는 장소 하나쯤은 마련하고 사는 것도 좋겠다는 생각이 듭니다. 그 장소가 가깝다면 더할 나위 없겠지만, 가끔씩 찾아갈 수 있을 만큼 조금 떨어져 있어도 충분하겠지요. 이른바 마음 둘 계기나 장소가 있는 삶이라 할까요?

젊은 시절 한때 마라톤에 빠졌던 적이 있었습니다. 힘들게 뛰는 순간에 세상의 모든 잡념을 잊을 수 있겠다는 생각에서였습니다. 그러나 그게 쉽지 않다는 것을 오래지 않아 알게 되었지요. 그러고 나서 빗길 걷기를 택했습니다. 처음에는 온전히 제 마음에 몰두하기가 어려웠습니다. 그러나 피부에 닿

는 비의 촉감, 우산이나 나뭇잎에 떨어지는 빗방울 소리에 집
중하니 비로소 여러 잡념들이 잊혀졌습니다. 그날 이후 비 오
는 날이면 밖으로 나서길 즐기게 되었지요. 지금도 비 오는
날이면 늦은 오후에 인적이 드문 호젓한 산길을 걷곤 합니다.

요즘엔 매주 같은 도시로 출장을 가는데, 거기에도 틈나면
들르는 장소가 생겼습니다. 포구와 인접한 너른 강입니다. 바
다처럼 탁 트인 경관이 우선 시원함을 선사하지요. 수원(水源)
을 출발해 거기까지 굽이굽이 흘러온 강줄기가 왠지 제 인생
과 비슷한 것도 같고, 깊은 위로를 건네는 듯한 기분도 듭니
다. 천천히 흐르는 물길을 따라 걸으면서 저도 흘러가고 있음
을 느끼면서 말이지요. 머지않아 바다로 흘러가 더 이상 강으
로 존재할 수 없다는 사실 또한 비감합니다.

어디 마음을 두는 곳이 장소뿐일까요? 가슴을 치는 노래며,
온갖 낙엽 흩날리는 늦가을의 이 시점 또한 너무 좋습니다.
이러하니 마음 둘 곳이 있는 삶은 위로가 됩니다.

평범한 풍경에 이끌립니다

어둠 속 불 밝힌 가로등 아래로 눈이 소복이 쌓이는 풍경. 참으로 오랜만에 그 풍경을 만났습니다. 어린 시절, 눈 오는 밤이면 밖으로 나와 가로등 근처에 붙박이로 서서 불빛을 받으며 쏟아지는 순백의 눈을 바라보곤 했습니다. 그때 무슨 생각을 했는지 다 기억나진 않지만 먼 훗날을 그려보았던 것 같습니다. 눈이 온 탓에 사위가 밝아져 비현실적으로 보이는 동네를 휘적휘적 돌아다니다 다시 가로등 근처로 돌아와, 한참을 더 보내고 집으로 들어갔던 기억이 납니다. 눈 오던 날의 가로등 풍경은 어린 시절, 따뜻한 위무자였습니다.

요즘에는 창 너머 따사로운 햇빛이 집안 가득 들어오는 풍경을 바라보는 게 좋습니다. 사는 동안은 집이든, 사무실이든 아침 햇빛이 드넓게 들이치는 공간을 꼭 지키며 살고 싶다는 소박한 바람도 갖게 됩니다.

20여 년간 수감 생활을 한 신영복 선생은 생전에 감옥에서 자살하지 않았던 이유 중 하나로 독방에 찾아온 햇빛 때문이었다고 털어놓기도 했습니다. 하루 2시간쯤 신문지 펼친 크기 정도의 햇빛이 들어올 때 그걸 무릎에 올려놓고 앉아 있으면 정말 행복했다고 말입니다.

과거에 할머니께서 평생 불화했던 할아버지 묘를 찾으셨던 일도 생각이 납니다. 봄볕이 내리쬐는 묘 한쪽에 앉으셔서는, "참으로 뱉(빛)이 좋다"며 하염없이 자리를 지키셨지요. 저도 대충 그 지점을 통과하는 걸까요? "평범한 것은 바보나 대가만이 건드린다"고 조각가 로댕이 말했다는데, 나이 들어가며 지극히 평범한 것들에 이리 마음이 끌림을 바보라 이르진 않겠지요?

눈이 내게 건넨 말

평소엔 스마트폰으로 맞춰둔 알람 소리에 일어나는데, 며칠 전 아침에는 아파트 경비 아저씨의 눈 치우는 소리에 잠을 깼습니다. 아주 오랜만에 겪는 색다른 경험이었습니다. 밖을 보니 곳곳마다 눈 풍년이었지요.

뉴스를 보니 우리와 가까운 일본도 마찬가지더군요. 특히 일본 해안 쪽 산간 지방에는 2미터가 넘게 폭설이 내려 길이 막히고, 고립된 마을이 속출하고 있다고 하더라고요. 그 소식을 듣자니, 40대 시절 품었던 다소 엉뚱한 생각이 떠올랐습니다. 해도 해도 일이 줄지 않던 직장 생활의 나날, 국내로 해외로 출장도 참 많이 다녔습니다. 출장 가던 날 가슴 한편에 이런 로망도 함께 담아 갔지요. 출장지에 갑자기 폭설이 내려 눈 속에 10여 일 정도 고립되는 행운(?)이 내게도 왔으면. 물론 그런 행운은 단 한 번도 온 적이 없습니다만.

그런데 격무에서 해방될 날이 점점 가까워지니 생각도 바뀌더군요. 얼마 전에 아들 녀석이, '2020년대 후반 10월에는 내

41

리 10일을 쉴 수 있는 연휴가 있다'며 벌써부터 들떠 하는 문자를 보내왔습니다. '그때쯤 아빠는 매일매일 연휴일 텐데…'라며 씁쓸하게 답장을 한 적이 있지요.

2년 전 겨울의 어느 휴일에도 폭설이 내렸습니다. 가족들의 만류를 무릅쓰고 관악산을 올랐습니다. 산 입구에는 내려오는 사람만 보이지, 올라가는 사람은 찾아볼 수 없더군요. 막상 오르려니 살짝 겁이 나기도 했지만 홀로 설산을 즐기던 그 3시간을 잊을 수가 없습니다. 주위가 어둑해질 무렵에야 하산을 하고 언 몸을 녹이려고 산자락에 위치한 찻집에 들어갔습니다. 모락모락 훈김이 나는 찻잔을 쥐고 있자 행복이 멀리 있는 것은 아니라는 말이 실감났습니다.

"지금 나서라."

그때 녹아가는 눈이 제게 건넨 말이었습니다.

이런 한 해, 흔치 않았어!

올 한 해가 저물고 있습니다. 드러내놓고 이야기하기는 쑥스 럽지만, 올해가 회갑이라는 이유로 참 요란하게 보낸 것 같습 니다. 이런저런 동기들과 뭉쳐서 많이 쏘다녔고, 아직도 몇 건의 계획이 대기 중입니다. 왜 그리 밀린 숙제하듯 올해 안 에 다 해치우려는지 저도 불만입니다. 빡빡한 일정을 치르고 난 후유증이었을까요? 연말에 몸살로 2주간이나 병치레를 했 는데, 설상가상으로 대상포진까지 걸려 10여 일을 더 병원에 드나들었습니다.

그런 중에도 몇몇 송년회에 참석했습니다. 웬 사람들이 그 리 많던지요. 경기가 살아난 건지, 아니면 경기가 좋지 않아 도 해 가기 전에 한 번은 봐야겠다는 마음들이 모여서 그런지 하도 시끄러워서 정신이 없었습니다. 그때 동석했던 친구가 재치 있는 건배사를 제안했습니다. 여기저기에서 큰 소리로 건배사를 외치는 사람들이 많으니 우리는 반대로 작은 소리로 건배사를 하자는 거였습니다.

친구가 비밀 이야기를 속삭이듯 "이런 모임"이라고 선창하면, 나머지 친구들은 후창으로 "흔치 않아!"라고 나직하게 외쳤습니다. 자그마한 소리의 건배사에 뒤이어 유쾌한 박장대소가 한참을 울려 퍼졌지요.

송년회 자리를 파하고 집으로 돌아오는 길, 떠들썩한 분위기에 취해 있다가 돌연 혼자가 되어서일까요? 누구보다 건배사가 필요한 사람은 바로 '나'란 생각이 들었습니다. 지금은 제 곁에 친구들도, 가족들도 함께지만 언젠가는 혼자 잠자리에 들고 홀로 잠에서 깨며 여생을 살아내야겠지요. "이런 한 해, 흔치 않았어! 이런 인생, 흔치 않았어!"라며 주먹을 불끈 쥐었습니다. 집에 와서는 "이런 가족, 흔치 않아!"라고 큰 소리로 외쳤지요. 대체 무슨 말이냐며 어리둥절한 가족들의 표정을 보고는 그저 웃었습니다.

마음속에 푸르른 가지를 간직한다면

시간 날 때마다 미술관에 들르기를 좋아합니다. 반짝 추위가 찾아왔던 얼마 전에는 미술관에 친구를 대동하기도 했습니다. 추운 날씨에도 함께해준 친구가 고맙기도 하고, 미안하기도 해서 무렴한 마음에 이런저런 이야기를 늘어놓았지요. 미술관을 자주 찾는 이유가 무엇인지 속내를 털어놓기도 했습니다. 문득 마주친 그림 앞에서 '얼어붙기'를 기대하기에 이런 순례를 한다고 밝혔지요.

저는 그날도 어떤 자화상 앞에서 한참을 머물러 있었습니다. 친구에게는 예전에 유럽을 여행할 때 파리 로댕미술관의 어느 조각 앞에서, 또 런던 내셔널갤러리의 어느 그림 앞에서는 몇 시간도 부족해 그 다음날 작품을 다시 보러 간 적 있다고 이야기했지요. 우연히 마주한 예술 작품 앞에서 얼어붙는 듯한 경험. 저는 이런 때가 인생에서 몇 안 되는 기분 좋은 순간이라고 생각합니다.

먹고사는 일을 제쳐둘 수 없겠지만, 생계와 무관한 '취향'이나 '좋아하는 일'이 퍽 중요함을 절감하는 요즘입니다. 자기만의 취향, 좋아하는 일이 하나쯤 있는 사람은 그렇지 않은 사람보다 인생을 더 잘 즐길 수 있을 것이고, 행복 지수도 더 높지 않을까 싶습니다.

절친한 친구의 아들이 결혼식을 한다기에 떠밀려 주례를 맡게 되었습니다. 주변 사람들이 "요즘 주례사는 5분 내에 끝내는 게 예의"라고 아우성이더군요. 그 말이 적지 않은 부담이어서 '한 방'이 있는 짤막한 말로 마무리를 하자고 나름대로 연구를 했지요. 주례를 서는 소감 한마디와 양가의 부모와 신랑, 신부에게 해주고 싶은 말을 서둘러 전한 후에 중국 속담 하나 소개하며 주례사를 마무리했습니다.

"마음속에 푸르른 가지를 간직한다면, 노래하는 새가 찾아오리니!"

신랑, 신부에게 펼쳐질 인생길에 노래하는 새가 찾아들기를 축원했습니다. 우리네 인생에서도, 또 취향에서도 푸르른 가지를 가꿔 노래하는 새를 만날 수 있다면 좋겠습니다.

인생 최고로 짜릿했던 사건

지금까지 제 인생사에서 가장 놀랍고, 충격적이고, 감동적인 사건을 하나 꼽으라면 50년 전 인류 최초의 달 착륙 장면을 말하곤 합니다. 너무 오래전 일인가요? 이따금 '아내를 처음 본 순간', '첫째 아이가 태어난 날' 등의 대답으로 변주되기도 합니다만, 아주 개인적인 사건을 제외한다면 달 착륙 장면의 감동과 놀라움을 따를 것은 없습니다.

당시 시골 초등학생이던 저는 '지구인', '지구공동체'라는 말을 처음 접하고서 가슴이 두근거렸습니다. 더구나 한창 냉전 시대였던 그땐, 미국인 우주비행사가 달 착륙에 성공해 '우리가 이겼다(?)'며 어린 마음에 우쭐했던 것도 같습니다. 지구인 중 처음으로 달 표면을 밟은 닐 암스트롱은 이런 멋진 말을 남기기도 했습니다.

"이는 한 인간의 작은 발걸음에 불과하지만, 인류 전체에 있어서는 위대한 도약입니다."

닐 암스트롱, 버즈 올드린과 함께 아폴로 11호에 탑승했으나 달 주변을 도는 사령선 콜럼비아를 조종해야 하는 임무로 달 표면을 밟지 못한 마이클 콜린스가 남긴 말도 인상적이었습니다. "최초의 인간인 아담 이후로 그 어떤 인류도 겪어보지 못한 고독을 느꼈다." 착륙선 이글이 떠나고 홀로 사령선에 남아 달의 뒤편을 돌 때, 지구와 48분간 무선 통신이 끊어졌던 당시의 심정을 표현한 말이었습니다.

콜린스는 착륙선이 사령선으로 귀환하는 순간을 포착한 사진도 찍었습니다. 거기엔 달과 저 멀리 지구도 함께 담겨 있지요. 이 사진은 우주 탐사 역사상 최고의 걸작으로 꼽히는데, "카메라 뒤의 콜린스를 제외하고, 모든 인류를 포착했다"는 찬사를 들었다고 합니다.

닐 암스트롱이 달에 착륙하기 7개월 전인 1968년 크리스마스이브에 아폴로 8호의 우주비행사 윌리엄 앤더스가 인류 역사상 가장 유명한 장면으로 남을 사진을 찍습니다. 달 주위를 돌던 우주선에서 푸른 지구별이 모습을 드러내자 찍은 사진입니다. '지구돋이'라는 제목으로 알려진 이 사진은 처음 접한 사람들에게 충격과 함께 미지의 세계에 대한 동경을 품게 한 것으로 유명합니다. 사진이 배포되던 날, 시인 아치볼드 매클리시는 《뉴욕 타임스》에 소회를 실었습니다.

"있는 그대로의 지구, 영원한 침묵 속에서 떠도는 작고, 푸르고, 아름다운 지구를 보자니 우리는 모두 지구에 함께 탄 사람들이요, 영원한 추위 속 눈부시게 아름다운 지구 위의 형제란 걸 알겠다." 지금도 '지구 위의 형제'란 말은 그 시절 전

세계인들이 나눴을 연대감을 느끼게 하고, 그때의 감동을 돌아보게 합니다.

한때 '1등만 기억되는 세상'이라는 광고가 있었습니다. 치열한 기업 경쟁에서 1등만 살아남아 사람들에게 기억된다는 말이었지요. 그런데 지난 7월 21일, 달 착륙 50주년 행사장에 아폴로 11호의 3인 중 아무도 기억하지 않았던 '3등' 콜린스가 유일하게 참석해 영웅으로 찬사를 받더군요. 꼭 그게 인생 같았습니다. 아무도 모를 인생 여정이니 '지금' 최선을 다해 살아야 함을 보여주는 것 같았습니다.[2019]

2

아주 구체적인
사랑의 모습

내 마음 제대로 전달하기

고마운 후배의 도움을 받아 아이들의 어린 시절을 찍어둔 동영상을 USB에 보관할 수 있게 되었습니다. 아무래도 이제는 비디오테이프를 사용하지 않거니와 USB에 저장해두면 보고 싶을 때마다 컴퓨터에 연결해 쉽게 볼 수 있기 때문에 편리하지요. 덕분에 온 가족이 즐거운 시간을 가졌답니다. 깔깔 웃고 떠드는 중에 과거로 돌아간 듯한 기분이 들어 묘했습니다.

그런데 이상한 점이 있었지요. 화면 속에서 '아빠'의 모습을 좀처럼 찾을 수가 없다는 것입니다. 그럼 대체 어디에 있었느냐고요? 아빠인 저는 화면 밖에서 아이들을 열심히 찍어주느라 보이지 않았던 것이지요. 가끔 목소리가 들리기는 했지만요. 어쩐지 딱 그 정도까지가 '아빠의 자리'였으리라는 생각에 괜스레 입맛이 썼습니다.

또 하나 더. 아이들의 얼굴을 가만히 살펴보니 이따금 불안하고 근심 어린 표정이 언뜻 내비칠 때가 있더군요. 당시엔 전혀 알아채지 못한 점입니다. 아이 때는 뭘 해도 신기하고 즐거운 줄만 알았는데, 제 생각과는 달라서 내심 놀랐습니다. 아이들의 어두운 표정이 부모인 우리 탓은 아니었는지 돌이켜 보게 되었습니다. '우리는 언제나 너희들의 보호막이고, 너희가 무슨 일을 하든 사랑할 것'이라는 진심을 아이들에게 제대로 전달하지 못한 것은 아닐까 하고요.

　부모의 진심이 아이들에게 잘 전해진다면 어떤 상황에서든 아이들은 잘 지낼 수 있을 겁니다. 부모 역할은 수원지와 비슷하지 않을까요? 언젠가 목마를지 모를 아이들을 위해 물을 모아두고 있다가 갈증이 난 아이들에게 물 한 모금 나눠주는 것. 그렇게 갈증을 풀고 다시 세상 밖으로 뛰쳐나가는 아이들을 바라보는 것. 이런 마음을 제대로 전달하는 일이 부모로서 평생 과제인 것 같습니다.

나무는 커갈수록 점점 혼자가 되어간다

요즘 젊은 친구들이 "심장이 쫄깃쫄깃하다"라고 말하는 것을 들어보셨나요? 마음에 여유 없이 시간에 쫓기며 어떤 일을 할 때에 이런 표현을 씁니다. 어른인 제 입장에서 보면, '심장이 쫄깃쫄깃한' 상황의 대부분은 미리 해두었거나 대비했으면 겪지 않아도 될 일들이니 영 마뜩지 않지요.

마침 저도 아들 때문에 아주 쫄깃쫄깃한 일을 겪었습니다. 졸업을 앞둔 아들이 취직하기 전에 유럽으로 배낭여행을 가고 싶다고 했지요. 직장 생활을 시작한 이후에 학생 시절의 방학이 제일 그리웠던 저는 기꺼이 그러라며 격려까지 했습니다. 졸업할 때 제출해야 하는 논문 등은 당연히 끝냈으리라 생각했지요.

그런데 출국하기 전날, 아들이 담당 교수님으로부터 논문 일부를 수정해 오라는 연락을 받으며 일이 꼬이기 시작했습니다. 저렴한 항공권을 끊은 탓에 취소나 변경이 안 되는 처지라, 제딴에는 연락을 받자마자 논문을 수정해서 학교에 갔는데, 그

애만 기다릴 리 없는 교수님과 연락이 되지 않는 겁니다.

　이런 상황을 외출하고 돌아와서야 알게 된 저는 아무래도 이해가 되지 않았습니다. 무조건 내일 출국하겠다는 아들 녀석을 두고 긴급 가족회의가 열렸습니다. 제 얼굴은 잔뜩 굳어서는 붉으락푸르락 달아올랐습니다. 사태가 심상치 않음을 알아차린 아내가 말렸습니다만, 이미 아들을 향해 "여행보다 졸업이 중요한데, 대체 정신이 있는 거냐? 미리미리 다 끝냈다면 이런 일은 없지 않느냐!"는 고성을 내뱉고 난 후였습니다.

　회사에서도 이와 비슷한 경우는 종종 있었습니다. 그럴 때마다 저는 "이미 벌어진 일을 어쩌겠어…. 어떻게 도와줄까?"라고 짐짓 여유 있는 척하며 아랫사람을 잘 다독였지만 집에서만은 그게 안 되는 겁니다.

　결국 아들과 절충한 끝에, 늦은 밤중에 학교에 다시 가서 교수님의 연구실에 수정한 논문과 함께 피치 못한 사정에 대한 양해를 구하는 손 편지를 남겨두기로 일단락을 지었습니다. 떨떠름했지만, 그래도 자원해 아들을 학교에 데려다주었지요. 그렇게 한바탕 소동을 벌이고서야 아들은 배낭여행을 떠났습니다.

　어떤 학자가 말하길 이 세상 사람들 중 95퍼센트가 한 달 전과 똑같은 생각을 반복하며 아무런 변화 없이 살아간다고 합니다. 오늘도 어제같이 사는 것이지요. 이렇게 살면 사는 재미가 없는 것은 물론 정신 건강도 우려가 된다고 하네요. 혹시 아들 녀석이 제가 인생을 재미없게 살지나 않을까 싶어 쫄깃쫄깃한 자극을 주었던 것은 아닐까 생각했습니다. 언젠가 들었던 말을 곱씹으며 이제는 아들을 더 놓아주려고 합니다.

'나무는 커갈수록 점점 혼자가 되어간다!'

집에 딸 하나 키우십니까?

친구가 딸의 결혼을 앞두고 심란해합니다. 개혼이기도 하고, 딸에게 친구들과 찍은 사진을 보내주면 "아빠는 왜 키 큰 친구 옆에 섰어요?"라며 즐거운(?) 핀잔을 주는 격의 없는 딸이니 더 그렇다면서 말이지요.

그런 친구를 보며 저도 제 딸 생각이 들었습니다. 아들 키우면서 속상할 때마다 마음속으로 '그래, 너 태어나서 몇 년간 평생 부모에게 줄 효도 다했음을 내가 안다'고 투덜대며 견디었는데, 딸 키우면서는 그런 기억이 거의 없습니다. 오히려 저 나름의 성장통이나 부모가 다 모르는 불만이 있었을 텐데, 그럼에도 자신이 부모의 '해피 바이러스'임을 자임하고 의연하게 살아낸 딸이 대견하고, 선물 같기만 합니다.

여러모로 마음 씀씀이가 살갑고, 특히 제 엄마와는 허물없는 친구처럼 도란도란 수다를 떨기도 하며 다 큰 어른처럼 마음을 헤아려주는 걸 보면 어느덧 다 자라 이제 떠날 때가 되었음을 예감합니다. 그러나 아직 이르다는 생각도 많이 듭니다. 입춘이라는 말에 얇은 옷 입고 나섰다가 감기에 걸려 돌아오는 딸아이의 모습을 보면 말이지요.

결혼 상대는 마음만 맞으면 된다고, 그런 사람과 함께라면 이 세상 어떤 일도 이겨낼 수 있겠다는 딸. 저는 그것만이 전부는 아니라고, 결혼은 더 야무지게 준비해야 한다며 잔소리를 합니다. 그러면서 한편으로는 언젠가 딸을 떠나보낼 준비를 해봅니다. 딸이 예쁜 행동으로 우리 부부에게 기쁨을 안겨줄 때 아내에게 말하곤 하지요.

"쟤가 저 떠난 날, 자기 빈 둥지 보며 우리 울게 하려고 저러는 거야. 흔적을 남기는 거라고." 이 말은 아내에게만이 아니라 스스로에게 하는 말이기도 합니다.

녀석이 꼼지락거리기 시작한 어느 날, 태어나 그때까지 단한 번도 '아빠'라는 말을 해본 적 없던 그 아이가 "아빠" 하고 처음 불러주던 순간, 감전된 것처럼 정신이 아찔했던 기억이 납니다. 요즘 저는 제 연배의 사람을 만날 때마다 "집에 딸 하나 키우십니까?"라고 묻고 싶어 입이 근질근질합니다.

남자의 자리

좋은 날씨에 자꾸 밖으로 나서게 됩니다. 다만 집을 나설 때 가끔은 뒤통수가 서늘해집니다. 오랜만에 예전 직장 후배들을 만났습니다. 남자 후배 하나가 얼마 전 북극곰을 다룬 다큐멘터리를 인상 깊게 보았다며 말문을 열었지요.

지구온난화로 얼음이 녹자 북극곰의 주된 먹잇감인 바다표범이 자취를 감추면서 북극곰들이 극심한 굶주림에 시달리고 있다고 합니다. 사냥이 어려워진 아빠 곰이 굶주림을 버티다 못해 새끼 곰을 먹이로 하려고 달려들었고, 새끼를 지키려는 엄마 곰이 필사적으로 아빠 곰을 막았다지요. 결국 엄마 곰의 사투로 새끼 곰은 살아남고, 아빠 곰은 떠나더라는 내용.

후배들 중에는 아직 결혼하지 않은 여자 후배도 있기에 남자 후배가 쏟아내는 '무정한 아빠 곰' 이야기를 끊으려고 했습니다만, 그는 아랑곳하지 않고 끝까지 계속했지요.

다 듣고서 서로 어색하게 눈이 마주쳤을 때, 거기 있던 남자들은 '남자지만, 나는 그렇지 않아!'라고 말하는 듯한 표정이었습니다. 저를 포함해서요. 아무한테도 도움 안 되는 이야기를 왜 꺼내서는…. 원망의 화살이 그에게 쏟아졌습니다.

후배들을 만나고 집에 왔는데, 마침 안방에서 아내와 아이들이 수다를 떨고 있었습니다. 그런데 제가 등장하니 하던 말을 서둘러 끝내고는 각자 방으로 들어가는 겁니다. 기분이 묘해지면서, 순간 뜨끔했습니다. '오늘 후배와 한 이야기를 가족들이 들었나?' '이기적 유전자' 남자의 제 발 저림이었겠지요.

2016년 기네스북에 등재된 세계 최고령자 엠마 모라노 할머니가 얼마 전 세상을 떠났습니다. 1899년생 할머니의 장수 비결로 유전적 요인과 특이한 식습관 등 몇 가지가 거론되었는데, 그중 하나가 걸립니다. 생전 인터뷰에서 장수 이유 중 하나로 남편과 일찌감치 헤어져 홀로 산 것이라고 이야기하셨다지요.

아주 친한 후배가 초등학교 동창 모임에서 들었다며 '웃픈' 이야기를 들려준 기억도 나네요. 이제 할머니가 다 된 동창들에게 요즘 관심사가 뭐냐고 물어봤답니다. 이에 동창들이 "첫째는 손주, 둘째는 반려견"이라고 대답했다네요. 후배는 왜냐고 더 묻지 않았다는데, 저라도 그랬을 것 같습니다.

요즘 남자들은 가정 안에서 어디쯤 위치하는 걸까요? 뒤통수가 서늘한 단계를 지나 환청이 들려옵니다. "먼저 인간이 되거라." 2017

한 사내의 진한 생채기를 봅니다

신문에서 최완수 한국민족미술연구소장의 인터뷰를 보았습니다. 그는 오랜 기간 간송미술관에 재직하면서 봄가을 1년에 두 차례 열리는 명품 정기전시회를 있게 한 일등공신입니다. 이 기간에는 평소에 보기 힘든 간송미술관의 소장 작품을 보려는 사람들로 늘 북적입니다.

최완수 소장은 겸재 정선과 한국 진경산수화의 대표적 연구자로, 대중들이 우리 미술에 자부심을 갖게 하는 데 큰 기여를 했습니다. 여전히 현역으로 활발하게 활동하며 자신의 분야를 소임으로 알고 평생 연구에 매달리느라 결혼도 하지 않고 지금까지 달려왔습니다.

기자는 사시사철 한복을 고집하는 그의 옷차림에 대해 물었습니다. 그는 '우리 옷'이기에 입는다면서, 어머니와 관련한 이야기를 꺼내더군요. "평생 입을 옷을 어머니께서 다 해놓고 돌아가셨습니다. 손주 안겨주는 것은 물론이고 자식이 해야 하는 도리는 하나도 못했는데…." 그는 끝내 말을 잇지 못하고 눈시울을 붉혔습니다. 그러고는 어렵게 말을 이었습니다. "어머니는 내게 아무 말씀도 안 하셨어요. 그래서 내가 맘 놓고 불효한 거지요."

어떠신가요? 그가 지닌 생채기, 혹 당신도 갖고 계신가요? 부모가 모두 돌아가셔서 이제 고아가 된 아내와 삽니다. 장모님이 돌아가신 후 아내가 했던 말이 떠오릅니다. "이런 아픔, 내가 당신보다 10년은 먼저 겪는 것 같아."

그 아픔이 어떨지 아주 막연하게나마 알 것 같지만, 돌이켜 보면 그때 아내의 마음을 좀 더 따뜻하게 보듬어주지 못한 게 가슴 아프기만 합니다. 그리고 또 하나 확실한 건, 저도 부모님이 떠나신 후에야 그 빈자리를 보며 후회하리란 사실입니다. 이런 마음을 알 리 없는 봄바람은 너무 부드럽습니다.

관악산 같은 부모가 되고 싶습니다

저희 집 아파트에서는 자그마한 동네 앞산 너머로 멀리 관악산이 내다보입니다. 한겨울에 눈 덮인 모습을 제외하면 항상 청회색의 색깔로, 능선의 모양도 변함없이 그 모습 그대로입니다. 사철 푸른 소나무로 덮인 산을 먼 거리에서 바라보니 그리 보일 수가 있겠지요.

관악산과 앞산은 계절에 따라 극명하게 대비됩니다. 어느덧 동네 앞산은 겨울의 잿빛을 버리고 한바탕 꽃 잔치를 벌이다, 이제는 연초록의 바다가 되어가고 있습니다. 변함없는 모습으로 서 있는 관악산 앞에서 앞산은 마치 계절별로 옷을 갈아입고 재롱을 피우는 것 같습니다. 연초록빛 앞산도 머지않아 짙게 변하겠지요. 순식간에 녹음으로 뒤덮일 것이라 생각하니 곧 사라질 이 순간이 애틋하면서도 좋습니다. 하지만 그럼에도 불구하고, 저 뒤에 병풍처럼 서 있는 관악산에 눈길이 더 가는 것은 나이 탓일까요?

아이들이 어렸을 때, 아내가 했던 말이 떠오릅니다. 아이들에게 충전소 같은 부모가 되자고. 집에서 아이들을 충분히 격려해주고, 그들이 바깥에서 지쳐 돌아왔을 때 다시 충전해 세상에 돌려보내는 일. 그게 부모로서 할 일의 다라고 말이지요.

그러나 아이들에게 충전소 역할을 제대로 해주지 못한 아쉬움이 남아 있습니다. 바깥일 힘들다, 바쁘다… 이런저런 이유가 있었겠지요. 이제 아이들이 그 시절 제 나이로 향하는 때에 접어들어서야 저는 우리 아이들과 젊은이들에게 병풍이, 관악산이 되고 싶다는 생각을 합니다. 누천년 그대로인 관악산 되기가 쉽지는 않겠지요.

관악산 타령을 하니 잠실 사는 지인에게 미안한 생각이 드네요. 낮이건 밤이건, 거실에서나 방에서나 시야를 딱 막아선 555미터 롯데월드타워만 보인다며 투덜대는데…. 미세먼지로 앞이 안 보이는 날이 많은 요즘이 차라리 그에게 위안이 될까요?

'몸 만들기'보다 '마음 만들기'

집에서 종종 이런 모습을 발견합니다. 아내를 중심으로 아들과 딸이 모여 앉아 한바탕 수다를 떠는 모습! 모녀는 그렇다 치더라도 보통 집에 오면 제 방으로 쌩 들어가버리기 일쑤인 아들까지 합세하여 재미있어하는 모습을 보면 영 못마땅하게 느껴집니다. 가자미눈으로 아들에게 곁눈질을 해도 모르는 척합니다. 괜스레 뾰로통한 마음에 집을 나서 아파트 몇 바퀴를 돌고 와도 수다는 여전히 진행 중.

며칠 전 휴일에는 모처럼 늦잠 자고 일어나 아내와 함께 브런치를 즐겼습니다. 사는 이야기 한가롭게 나누던 중에 사회 선생님으로 교직에 몸담았던 아내가 아쉬움이 섞인 목소리로 한마디 했습니다.

"나는 음악 선생님 했으면 더 행복하게 살았을 텐데. 학생들과 더 많이 교류하고, 음악도 더 듣고. 오래오래 즐거운 시간 가졌을 텐데…."

이에 제가 몇 마디. "열정 많은 음악 선생님 초기에는 그럴 수 있었을지 모르지만, 나이 들어서는 오히려 속상한 마음이 더 들지 않았을까? 요즘 아이들은 예체능 수업 시간에 선생님 몰래 영어며 수학 공부 한다던데….”

저는 그만, 어이없어하는 아내와 아이들의 표정을 보고 말았습니다. 그들 표정에 ‘아차차!’ 싶었지요. 아내의 말을 그저 잘 들어주고, 가끔 고개를 끄덕여주기만 하면 되었을 텐데. 오지랖도 넓게 왜 분석을 하고 전망까지 퍼부었을까요.

문득 부모님이 외출하시던 모습이 어른거렸습니다. 아버지는 어머니보다 늘 2미터는 앞서 걸으셨지요. 그런데 지금의 저도 그럴 가능성이 충분해 보이는 겁니다.

지리산이나 설악산 종주를 위해 열심히 몸 만드는 친구들이 있습니다. 저는 나중에 아이들 집 떠나고, 덩그러니 둘만 남게 될 아내와 같이 살 ‘마음 만들기’부터 해야 할 것 같습니다.

아들에게 여행 애프터 신청을

길었던 추석 연휴를 전후해 아들과 둘만의 여행을 다녀왔습니다. 사실 여느 때보다도 긴 연휴를 앞두고, 머릿속에 갖가지 여행 계획이 많았답니다.

'가뿐히 혼자 떠나볼까? 혼자는 좀 쓸쓸하려나? 아니면 아내랑 단둘이 오붓하게 가는 것도 좋겠네. 아니지, 부모님 모시고 여행 갈 기회도 많지 않을 텐데 이참에?!'

이런 계획들을 뒤로하고, 아들과 둘이서 가기로 결행한 것은 아들에게 들은 '센 말' 때문이었습니다.

여행 가기 며칠 전, 아들에게 그렇고 그런 잔소리를 한 적이 있었지요. 그때 아들 녀석이 자기는 더 이상 아이가 아니라면서 벼르고 있었던 듯한 말을 쏟아내더군요.

"어릴 때는 제게 그다지 신경 쓰지 않았으면서 왜 다 자란 지금에야 사사건건 끼어드시는 거예요?"

아들은 중학교 시절, 죽을 만큼 힘들었다며 회사 일로 바빠서 자기에게 무관심한 아빠를 원망했다고 털어놓았습니다.

13

'대체 아빠는 왜 있는 거지? 돈 벌어다 주려고?' 아빠의 부재가 많이 서운했었다고 이야기하더라고요.

제 딴에는 아무리 바빠도 중요한 순간에는 아들과 함께했다고 기억하고 있었는데, 아들은 그렇지 않았나 봅니다. 그 낭패감이라니. 저는 긴말하지 않고, 다 미안했다고 사과했습니다. 그리고 만사를 제치고 아들과 여행을 떠나기로 한 것이지요.

2박 3일을 서로 붙어 있다시피 지내다 보니 그동안 몰랐던 아들의 모습이 보이더군요. 내 아들인가 싶을 정도로 생활 습관, 사고방식 등이 저와는 참 많이 달랐습니다. 그간 제가 놓쳤던 모양입니다. 아이가 절실하게 필요로 하는 것은 물론, 아이의 속마음을 헤아릴 생각도 하지 못했던 것이지요.

밤에 혼자 숙소 근처 숲속을 걷는데, 캄캄한 숲속에도 길이 있길 바랐습니다. 제 마음속에서도 '부모가 되는 길', '제대로 부모 역할 하는 길'을 발견할 수 있기를 바라면서요.

울진의 불영계곡, 동해의 무릉계곡에 왜 그리 물이 많을까요? 아마도 그쪽 산이 높고 골이 깊어 그런 것 아닐는지요. 아들과 이렇게 높고 깊게 사연이 쌓일수록 더 친밀해지리라 위안 삼고 싶어졌습니다. 머지않아 아들에게 다시 여행 애프터 신청을 해야겠습니다.

제대로 이사를 했습니다

이사를 했습니다. 결혼하고서 다섯 번째 이사입니다. 그중 두 번은 출장을 가 있었고, 나머지도 회사일 바쁘다고 빠끔 둘러보고 간 정도에 불과했던 것 같습니다. 이번에야 이사의 전 과정에 참여하게 되었는데 아는 것도, 할 줄 아는 것도 별로 없어서 난감할 때가 많았네요. 이사는 물론이고 집안 살림 전체를 아내 손에 많이 의지하며 무임승차했음이 고스란히 드러난 것이지요.

포장 이사인데도 웬 할 일이 그리 많은지, 또 살림은 왜 그리 많은지. 그걸 끌어안고 정리하며 살아온 아내가 대단해 보였습니다. '여자들은 명절병 말고 이사병도 있겠구나….' 아내가 짠하게 느껴져 정말 미안했습니다.

이사를 마치고 몇 가지 생각이 들었습니다. 하나는 이사와 같은 큰일을 치를 때 집안 어른의 역할입니다.

이삿날 아버지가 방문하셨습니다. 이사 당일에는 다들 바빠서 신경을 쓰기가 어려우니 이사가 끝나고 어느 정도 정리가 되면 와주십사 미리 말씀드렸음에도 불구하고요. 더구나 우리가 이사 갈 집에 먼저 살던 분들이 사정상 이사 당일에 집을 비워야 한다기에 그분들이 나가면 부랴부랴 청소를 해야만 해서 이사하는 동안 아버지가 마땅히 계실 곳이 없기도 했습니다. 팔순이 넘은 아버지는 정신없는 이사 통에도, 추운 날씨에도, 이사가 끝날 때까지 묵묵하게 함께해주셨지요.

이삿짐센터의 나이 지긋한 직원 한 분은 과거에는 집안에 큰일이 있으면 어른들이 반드시 함께했는데, 이제는 그런 문화가 없어졌다며 저희 아버지의 방문을 인상 깊게 여기시더군요. 간만에 어른이 계시는 이사 풍경을 보았다고 말이지요. 아버지는 새로 이사 간 집을 둘러보시고는 가족들과 이삿짐센터 직원들을 격려한 후에야 당신 댁으로 발길을 돌리셨습니다. 그런 아버지를 배웅하면서 이삿짐센터 직원 분의 말을 곱씹었습니다. 다른 한편으로는 "고생스러우실 텐데, 할아버지는 왜 이런 날 오셨을까?" 하는 아들 녀석을 보고 있자니, 과거와 확실히 달라진 집안 어른의 역할에 착잡한 마음도 들었습니다.

다른 하나는 살림 줄이기입니다. 저는 잘 쓰지 않거나, 유행이 지났거나, 2개 이상 있는 물건은 과감히 버리려고 합니다. 반면 아내는 버리기보다는 모아두려고 하는 편입니다. 심지어 제가 버리려고 내놓은 것 중에서도 '이건 언젠가 쓸 일이 있을 것'이라며 다시 들여놓기 일쑤이지요. 아내는 뭔가 찾다가 안 보이면 꼭 제게 묻습니다. "그거 당신이 버렸어요?"

이렇다 보니 저희 집 세간은 언제나 '평형 상태'입니다. 그런데 이사를 하려면 아무리 줄이지 않으려고 해도 그럴 수가 없습니다. 이사하는 날, 아파트 경비 아저씨가 놀라시더라고요. 버릴 것들이 끝도 없이 나오는 것을 보고요.

'늙어서 집 짓지 마라. 집 지으면 10년은 늙는다.' 옛 어른들이 하시던 말씀입니다. 이사도 비슷한 것 같습니다. 그래도 저는 사는 동안 한 번은 더 이사를 하고 싶습니다. 그때는 아내에게 '이사 걱정일랑 말고 여행이나 다녀오라'고 하려고요. 또 그때는 더 많은 것을 버리고, 제가 귀중히 보관하던 것들을 하나씩 하나씩 새로운 주인 찾아 떠나보내고 싶습니다. 좀 더 홀가분해지기 위해 정리를 하는 겁니다. 그 자리를 빌려서 이제까지 고마웠던 사람들과 특별한 이별 의식(?)도 해보고 싶네요.

여전히 어금니를 꽉 물게 됩니다

가까운 치과의사에게 흥미로운 이야기를 들었습니다. 다른 나라 사람들에 비해 우리나라 사람들이 사각턱이 많다는 것입니다. 이는 한국 사람들이 유독 스트레스 지수가 높고, '참을 일'이 많기에 평소에 어금니를 꽉 물고 있어서 교근이 발달된 결과라고 합니다. 교근은 음식물을 씹을 때 작용하는 근육 중 하나입니다.

치과의사는 제게 보통 때 어금니를 꽉 물고 있는지부터 의식하라고 했습니다. 하루 중 서너 번 정도 시간을 정해 일정하게 체크하고, 어금니를 무는 버릇이 있다 싶으면 차라리 볼펜을 물고 있으라네요. 또 음식물을 조금 덜 씹어도 위장에서 다 소화시키니 걱정 말고 덜 씹도록 하고, 잘 때는 마우스피스를 끼고 자라고요.

그러며 제 얼굴을 쓱 살피더니 "선생님은 아직은 문제없어 보이시네요" 합니다. 전문가가 문제없다고 진단을 내렸지만, 요즘에는 혹시 어금니를 꽉 물고 있지나 않은지 늘 신경을 쓰고 있습니다.

　여든이 넘은 부모님께 하루에 한 번씩 안부전화를 드립니다. 어제도 전화로 별일 없으시냐고 여쭈었습니다. 아버지는 "아무 일 없다"고 하셨지요. 그러려니 하고 전화를 끊고는 고향에 사는 누님께 전화를 했더니, 세상에. 그젯밤에 어머니가 많이 힘들어하셔서 두 분이 한숨도 못 주무시고, 아침이 되자마자 병원에 가서 치료를 받고 오후에야 퇴원해 안정을 찾으셨다는 겁니다.

　부모님 마음은 왜 언제나 그런 걸까요? 헤아리고 또 헤아려보려고 합니다만, 이번 한 번만 그런 것도 아니라서 저는 여전히 어금니를 꽉 물게 됩니다.

꽃게가 알려준 마음

아내가 지방 일정이 있어 공항에 데려다준 일이 있습니다. 여유 있게 집을 나섰지만, 가는 도중에 수산 시장에 들러 꽃게를 사는 데 시간이 걸려서 가까스로 공항에 도착했습니다. 그런데 제 운전이 좀 서툴렀나 봅니다. 출발신호를 잘못 보고, 급정거도 몇 번이나 했네요. 핑계를 대자면 근래에 대중교통을 이용하느라 운전대를 잡을 일이 거의 없었고, 혹시 늦지나 않을까 싶은 다급한 마음 때문이었지요.

공항에서 아내를 배웅하는데, 아내가 제게 한마디 했습니다. "당신, 운전감이 옛날보다 많이 떨어졌네. 앞으로 힘들면 나한테 넘겨도 돼요."

보통 이런 경우에 "그렇지?"라고 짐짓 쿨하게 대답했는데, 이번엔 어쩐지 아내의 말이 제 마음을 긁는 것 같더라고요.

아내를 공항에 내려주고 혼자 집으로 돌아오는 길, 라디오에서 노래가 흘러나오는데 꼭 오래된 LP판에서 나는 것 같이 '지지직' 긁히는 소리가 나는 겁니다. 'LP판으로 트는 노래라서 그런가?' 했는데, 연이어 나오는 다음 곡도 마찬가지였습니다.

아내의 '긁는 말'에 마음이 긁혀서 이렇게 노래도 '긁는 소리'로 들리나 싶어 실소가 터졌습니다. 한참을 지나서야 긁는 소리의 실체를 파악하게 되었습니다. 그건 라디오에서 나는 소리도 아니었고, 저만의 착각에서 연유한 것도 아니었지요. 바로 뒷좌석에 둔 비닐봉투 안에서 꽃게가 움직이는 소리였습니다. 신기하게도 LP판 긁히는 소리와 똑같이 들렸던 것입니다. 민망해서 한바탕 크게 웃었지요. 바로 뒤에 둔 꽃게의 존재를 잊어버린 것이나, 아내의 말에 마음이 긁혀서 구시렁거린 것이나 인생의 가을에 어울리는 해프닝 같았습니다.

올림픽대로를 벗어나 한강 변에 차를 대고 커피 한 잔을 마셨습니다. 저 살아 있음을 온몸으로 전한 꽃게의 몸짓이, 저의 속 좁음을 깨닫게 해줘 고마웠습니다. 그 이상으로, 이 세상 모든 살아 있는 것들은 늙어간다는 사실을 깨달았네요. 세월 가는 소리 듣지 못하는 이, 세상 어디에 있을까요? 저도 당신도 늙어가는 일을 피하지 못합니다.

이런 마음을 아내와 나누고 싶었습니다. 아내라면 함께 고개를 끄덕이며 들어줄 것만 같았지요. 뒷좌석에서 여전히 비닐봉투 속 꽃게가 움직이는 소리가 들렸습니다. 꽃게한테 고맙고 미안해서 한강 물에 보내주고 싶은데, 바다 꽃게라서….

명절에 꼭 하고 싶은 일

이제까지는 고향에 계신 부모님 댁에서 설을 쇠었습니다만, 올해부터 저희 집이 있는 서울에서 보내기로 했습니다. 연로하신 부모님이 손님맞이 준비로 애쓰시는 쪽보다는 상경하시는 쪽이 더 편하실 것 같아서 바꾸기로 한 것입니다.

부모님이 역귀성하시는 것만 제외하면 크게 달라지는 것 없는데도 묘한 기분이 듭니다. 과거와 다른 새로운 장으로 건너왔다는 생각 때문일까요? 훗날 부모님이 떠나시고 저 역시 세상에 없을 때, 우리 아이들이 과연 명절의 전통을 굳건히 이어나갈까 궁금해졌습니다. 저를 비롯한 기성세대가 자식 세대에게 이 믿음의 유산, 정신적 전통을 지키려는 모습을 꾸준히 보여주고, 이러한 노력을 후대가 얼마나 소중하게 여기는지에 달렸겠지요.

이런 생각 끝에, 명절에 꼭 하고 싶은 일을 계획했습니다. 무엇보다도 명절 모임을 더 재미있게 만들고 싶습니다. 제가 어릴 때는 할아버지가 집전하시는 유교식 제사를 지냈는데,

뭣도 모르면서 어른들이 하는 행동을 엉거주춤 따라했지요. 시골집이어서인지 유난히 추웠는데, 겨울에 문 열어놓고 차례를 지낼 때면 시린 손을 비비며 이 시간이 어서 가기를 바라면서요. 그러다가 제가 고등학교 들어간 무렵부터 차례 대신에 기독교식 추도 예배를 드리기 시작했습니다. 예배를 드리고는 가족들끼리 모여 앉아 조상님의 사진을 둘러보고, 그분들의 살아생전 행적에 대해 이야기를 나누었습니다. 분위기가 한결 부드러워지긴 했으나 여전히 엄숙했지요.

제가 추도 예배의 사회를 맡게 된 몇 년 전부터는 예의는 갖추되 딱딱한 분위기를 바꾸려고 나름대로 노력해왔습니다. 간략히 예배를 마치면 초등학생부터 중고생까지 어린 조카들이 가족 모임의 중심이 되도록 자리를 마련했고, 미취학 꼬마들의 재롱잔치도 벌이곤 했지요. 그러고 나서 집안 어른들의 덕담 한 말씀씩을 듣는 것입니다. '짧고, 재미있고, 모두가 참여하도록!' 이것이 저의 진행 모토이지요.

그런데 올 명절에는 어린 조카들이 안 오고, 어른들만 모일 것 같아 약간 걱정입니다. 평균 연령 64세인 가족 모임을 어떻게 하면 더 재미있게 만들 수 있을지 궁리하다가 저부터 망가진 옛 모습을 공개하며 시작하기로 마음먹었지요. 바로 막걸리 심부름과 관련한 어릴 적 추억입니다. 제 음주의 시작은 부모님이 시키셨던 막걸리 심부름 때더라고요. 막걸리를 받아오는 길에 궁금하기도 하고, 갈증도 나서 슬쩍 맛보다가 제 뒤를 졸졸 쫓던 강아지한테도 한 모금 마시게 해서 둘이 갈지(之) 자로 돌아왔던 귀갓길에 대한 이야기를 하려고 합니다.

또 다른 하나는 명절 때마다 앞으로 뵙기 어려운 어른께 인사드리러 가는 것입니다. 가능하면 저 혼자가 아니라 저희 아이 앞장세워 찾아뵙고 싶습니다. 제게는 당고모님이 한 분 계신데, 육이오 전쟁 때 유복자를 낳으시고 홀로 살아오셨습니다. 할머니 묘역에 묘비를 세우던 날, 묘비에 적힌 생몰년을 보시고는 "웬 비석에 핸드폰 번호를 적었냐?"고 말씀하셔서 모두를 쓰러뜨리기도 하셨지요. 평생 이루 말할 수 없이 신산한 삶을 사셨지만 특유의 위트로 다른 사람들을 늘 웃게 하셨던 분입니다. 그런 분이 지금 요양원에 누워 계십니다. 더 늦기 전에 당고모님께 가려고 합니다. 보고 싶어도 더 볼 수 없을지도 모를 어른들을 뵈러 가는 일. 명절의 다른 어떤 전통보다도 귀중한 유산으로 남길 바라봅니다.

신혼집에 남기고 온 말

딸이 결혼한 지 1년 만에야 신혼집을 방문했습니다. 딸아이는 중국에 신접살림을 차렸습니다. 아무리 타국에 있다지만, 아비의 방문이 어쩌다 1년씩이나 걸렸냐고요? 딸이 웬만큼 요리를 하게 될 때쯤 방문하겠다고 선언하기도 했고, 사정상 딸아이와 사위가 조금 늦게 합가하는 바람에 살림살이 정리가 늦어져서 그랬지요.

딸네 집을 방문하기 전, 딸이 보낸 사진 속 그 아이들 집을 보면서 '실제로는 어떻게 꾸미고 살까?', '왕초보 주부 우리 딸이 무슨 음식을 만들까?' 정말 궁금했습니다. 언젠가 한 여행가 부부가 했던 말도 생각나더군요.

'사귄 지 6년 동안 단 한 번도 싸우지 않았던 두 사람이 긴 여행을 시작하고 한 달도 되지 않아 크게 싸웠다.'

과연 딸아이네는 어떤지 소감도 들어보고 싶었지요. 한편으로는 딸아이의 신혼집을 처음 방문하는 친정아버지로서 딸 내외에게 무슨 말을 해주면 좋을까 고민이 되었습니다. '우리네 조상님들은 출가한 딸에게 무슨 말을 남겼을까?' 싶기도 하면서 '요즘 시대에 어른이랍시고 너무 새삼스럽게 구는 거 아닌가?' 하는 마음도 들었습니다.

딸네 집에 도착해 반갑게 손잡고 사위와 딸에게 고맙다는 말부터 전했습니다. 그러고는 딸아이를 만나기 전 곰곰이 생각한 당부의 말을 전했지요.

"우선 너희들끼리 오손도손 잘 살아라. 너희들끼리 먼저 잘 살고 난 후에 그런 좋은 기운을 자녀, 부모, 형제자매 관계로 확대할 수 있기를 바란다. 너희들이 먼저 '행복 바이러스'가 되길 바란다." 다 큰 사위이고 딸이지만, 쉽지 않은 주문이겠지요?

실은 제가 막 결혼했을 때의 마음이 어땠는지 돌이켜보고 건넨 말이었습니다. 결혼 생활 초기, 저는 가정 구성의 임무⑵를 해냈다는 사실만을 최우선으로 생각했습니다. 그러다 보니 둘 사이의 다짐, 소중한 약속 등은 뒷전이었던 것 같습니다. 그게 늘 마음에 걸려서 아이들에게는 '너희들 먼저'를 강조하고 싶었던 거지요.

딸 내외와 함께 신혼집을 이리저리 둘러보았습니다. 시집가기 전, 딸애의 방이 어찌나 난장판이던지 어쩌다 들어가기가 곤란할 정도였는데, 그와는 딴판으로 정돈이 된 신혼집을 보고 우리 부부는 놀랐습니다. 또 딸애가 제법인 솜씨로 다과를 내오는 걸 보고 눈이 커졌는데, "다음에는 정통 중국식으로 요리를 대접하겠다"고 해서 눈이 더 휘둥그레졌지요.

요즘엔 딸이 결혼하면 친정 엄마가 신혼집 꾸미는 것을 전

담한다던데, 타국에서 혼자 살림을 시작한 딸에게 미안한 마음이 들었는지 아내는 자꾸 안쓰러운 눈빛이더군요. "좋네", "우리 신혼 때보다 나은데?"라며 바람 넣는 일로 그 밤 분위기는 제가 책임졌습니다.

저희들만의 둥지를 튼 두 사람을 두고 돌아오는 우리 부부의 발걸음은 갈 때보다 가벼웠습니다. 짧은 방문 일정이었지만, 둘이 함께 재미있게 살아보려는 딸 내외의 마음을 충분히 느껴서였겠지요.

생각이 많아지는 계절, 가을

손바닥만 한 베란다에 드는 가을볕이 좋습니다. 아내는 꽃을
퍽 좋아합니다. 제철 꽃으로 엮은 꽃다발을 좋아하다가 언젠
가부터는 화분에 심은 꽃을 더 좋아합니다. 그래서 계절이 바
뀔 때마다 거실에, 베란다에 화분을 들이게 되었습니다.

지금도 저희 집 베란다와 집안 구석구석에는 여러 종류의
꽃 화분이 놓여 있습니다. 다종다양한 꽃 화분만큼이나 피고
지는 꽃들을 보면서 아내와 나눌 이야기도 많습니다. 며칠 전
에는 조금 무거운 내용이긴 하지만 이런 이야기도 했습니다.
훗날 둘 중 한 사람이 먼저 떠나면 남은 사람은 떠난 사람이
생전에 좋아했던 꽃으로 가는 길을 장식해주자고요. 아내는
어디 목련 한 그루만 심어 달라며 미소 지었지요.

지금 거실에는 노란 국화꽃이 피고 있습니다. 가을마다 국
화꽃으로 집안을 밝혀온 지는 10여 년이 넘은 것 같습니다. 어
릴 때부터 이런 풍경을 보아 온 아이들은 국화꽃 화분에 노란
불이 맺히기 시작하면 "드디어 가을 시작이다"라고 말하곤 했

지요. 가을을 맞이하는 저희 집만의 연례행사라고나 할까요?

그런데 최근에 문제가 생겼습니다. 올가을 들어 제가 국화를 별로 좋아하지 않게 된 것이지요. 이 나이쯤 되니 한 달에 몇 번은 장례식장에 갈 일이 생기는데, 거기서 본 국화꽃이 집에 와서도 자꾸만 생각나는 겁니다.

어느 문인은 일기를 쓸 때 '기분 좋지 않았던 날의 기억은 구체적으로 적지 않는다'는 규칙을 정해두고 있다고 하더군요. 언젠가 미래의 자신이 지난날 일기를 꺼내 볼 때를 대비한 것이라면서요. '과거의 나'가 일기를 다시 읽을 '미래의 나'를 배려한 것이지요. 저는 문인의 일기 습관에서 약간의 힌트를 얻어 국화꽃을 베란다로 슬쩍 안 보이게 내놓았습니다.

그런데 며칠 전 국화꽃 화분을 다시 거실로 들여놓아야겠다고 생각을 고쳐먹었습니다. 아무래도 제가 아내와 아이들이 '국화꽃 잔치'를 누릴 기회를 빼앗는 건 아닐까 싶어서이지요. 우리 집 국화꽃 잔치가 가을 내내 이어지도록 제가 양보를 했지요. 가족들이 거실을 오가며 이따금 노란 국화꽃을 들여다볼 때 크게 벌어지는 눈동자를 놓치고 싶지 않아서이기도 합니다. 그리고 보면 제겐 저 국화꽃이 장례식장의 꽃을 넘어 의미가 있는 것 같습니다. 이 가을, 국화꽃 화분을 보며 든 생각입니다. 역시 가을은 생각이 많아지는 계절이네요.

인생의 동반자

풋풋한 아이들이 주인공인 영화로 2016년 청룡영화상 신인 감독상을 받은 윤가은 감독이 3년 만에 두 번째 장편작으로 돌아왔다는 인터뷰 기사를 보았습니다.

초등학생들의 친구 사이 갈등을 세밀하게 담은 전작에 이어, 이번에도 아이들이 주인공이랍니다. 또 다시 아이들을 그린 이유를 묻자 그녀는 대답합니다. 아이들의 마음에는 아직 딱지가 없다는 것. 오히려 그래서 용감해질 수 있다는 거지요. 어른들처럼 문제를 복잡하게 풀지 않고, 힘들어도 일단 부딪친다는 겁니다. 아이들의 그 건강하고, 정직한 정면 돌파의 힘에 매혹되어 자꾸 그들을 그리게 된답니다. 마음에 계속 남는 답변이었습니다. 해맑은 아이들과 달리, 어른들의 표정은 어둡고 일그러질 때가 많지요. 여러 이유로 '딱지'로 덮인 세월, 복잡하게 꼬인 생각들 탓은 아닐까 싶습니다.

아내가 며칠간 병원에 입원했습니다. 퇴원 후에도 회복 기간이 더 필요해서 제가 간병을 했지요. 평생 처음으로 아내와

24시간을 붙어 있다 보니 그동안 모르고 지낸 것이 많았다는 걸 알았습니다. 우선 집안 살림의 위치를 몰라 쩔쩔매거나 전자기기를 제대로 조작하지 못해 곤혹스러웠습니다. 다음으로 수십 년을 함께한 아내에 대해서도 제가 몰랐던 것이 있었지요. 아내는 형광등 교체하기, 믹서나 에어컨 등 가전용품 다루기 등은 저보다 한 수 위인데, 알고 보니 어릴 때부터 기계 만지는 걸 좋아했다네요. 라디오를 분해해보고 조립하기도 즐겼다고요. 그러다 결혼을 했는데 남편인 제가 불이 나간 형광등을 한 달이 넘게 바꾸지 않는 걸 보고서 심각하게 고민했답니다. 이걸 먼저 하기 시작하면 평생 자기 일이 되겠다고. 그래서 결혼 초반엔 기계치인 척하며 실력을 숨기고 사느라 힘들었다고 하네요. 제 버릇 고치려고 말이지요.

아내는 원래 시원시원하고, 직설적인 성격이라고 털어놓기도 했습니다. 하지만 아내, 맏며느리, 엄마의 역할을 소화하며 바쁘게 살아내느라 부러 뒤로 빠지는 쪽을 택했다네요. 기계치인 척했다는 이야기엔 박장대소하며 넘어갔지만, 본래의 성격까지 죽이며 살아왔다는 말엔 가슴이 턱 막혔습니다. 이제서라도 알게 되어 다행이라고 생각하면서요. 익숙함에 기대어 두 사람이 서로 다르다는 사실을 잊고 지낸 세월이었습니다. 우리가 함께한 시간에 군데군데 딱지가 내려앉은 걸 비로소 돌아보게 되었달까요.

진정 바랍니다. 우리는 아이들처럼 딱지가 없을 수는 없으니, 딱지가 있음에도 서로를 싸매주는 관계로 나아가자고요.

또 이제는 다 털어놓고 숨기는 것 없이 살자고 말이지요. 미국의 작가 리오 크리스토퍼는 이렇게 썼습니다. '시간보다 소중한 오직 하나는 시간을 함께 보낼 사람이다.' 저는 인생의 동반자, 아내를 생각했습니다.

푸른 초원 바라보듯 살고 싶습니다

원만한 가족 관계에 대한 강의를 들었습니다. 가족 구성원이 각자의 역할을 제대로 이해하고 그걸 발휘해서 행복한 가정을 꾸려가자는 내용이었습니다. 강의 내용 중에 가장 기억에 남는 것이 있습니다. 자녀가 태어나서 네 살쯤 되었을 무렵이면 그들이 부모에게 돌려줄(?) 효도의 99퍼센트를 달성한 것이나 마찬가지라는 말이었지요. 그러고서 강사는 가만히 눈 감고 그 시절을 회상해보라고 했습니다.

아이라는 존재 그 자체만으로 얼마나 행복했는지, 또 그들의 말이며 행동이 얼마나 사랑스러웠는지…. 그보다 더한 효도는 정말 없을 것 같더군요. 강사의 의도는 이런 것을 그 시절에 깨달았더라면, 자녀에 대한 과도한 기대나 바람을 어느 정도는 접어두고 오히려 자녀의 존재만으로 고마워하며 더 좋은 관계로 지낼 수 있지 않았겠느냐는 거였습니다.

이에 반응하는 강의실 안 얼굴들을 살피는 것도 남다른 경험이었습니다. 후회의 빛이 감도는 눈으로 탄식하는 장년층

부부, 자녀와의 갈등이 한창일 때라 심각한 표정을 짓고 듣는 중년의 부부, 강사의 말이 아직 실감나지 않는 신참 부부들까지. 강사는 설령 후회가 된다 하더라도 지금이라도 늦지 않았다는 희망의 메시지도 덧붙였습니다.

평소 '인상파'로 불리는 친구의 변신이 놀랍기만 합니다. 얼마 전, 친구는 모임에서 만나자마자 스마트폰을 꺼내 외손자 사진부터 보여주었습니다. 자주 인상을 쓰는 버릇이 있어서 이마에 주름이 깊게 팬 친구인데, 외손자 자랑하는 얼굴에는 어찌된 일인지 주름이 보이지 않았습니다. 오히려 싱글벙글 함박웃음이 가득했습니다. 외손자가 '인상파'를 웃게 만든 거지요.

이뿐만이 아닙니다. 회사 동료 모임을 하는데, 매사에 진지하고 과묵하기로 유명한 선배 한 분이 만난 지 얼마 되지도 않아 집에 가봐야겠다고 하더라고요. 무슨 일 때문인지 궁금해하는 우리에게 선배가 머뭇거리다가 이렇게 말합니다.

"손자가 지금 집에 온대서 말이지⋯. 냉장고에서 계란을 꺼내놔야 하거든."

대체 무슨 말인지 묻자, 이렇게 밝히더군요. 손자가 선배 집에 올 때마다 병아리를 만들겠다며 계란을 품고 다니는데, 집에 돌아갈 때는 계란을 선배 집 냉장고에 두고 "할아버지, 다음번에 올 때까지 잘 맡아주세요" 부탁하고 간다는 것입니다. 선배는 머쓱하게 웃고는 얼른 가서 손자 계란 내줘야 한다며 황급히 자리를 떠났습니다.

손주들에게 '무한 사랑'을 베푸는 동년배들의 변신. 아마도 자녀들에게 못다 전한 사랑을 그 다음 대에 듬뿍 주고 싶은 마음에서 비롯된 것이겠지요. 자녀들은 직접 키우느라 바빠서 넉넉하게 사랑 주지 못했을 거고요.

　멀리 푸른 초원을 응시하고 있노라면 눈이 촉촉해지며 자연스레 몸도 마음도 치유받는 듯한 기분이 듭니다. 아직 제겐 손주가 없지만, 손주를 바라보며 사는 일이 푸른 초원 바라보며 사는 것과 비슷하지 않을까 싶네요. 저도 그처럼 사랑을 듬뿍 주고, 치유받으며 살 수 있기를 기다립니다.

3

'혼자'보다는
'우리'라서 더 좋은

환갑 전용 건배사

요즘 들어 많이 찾는 자리가 있습니다. 친구 자녀 결혼식과 친구 부모님 장례식, 여기에 나이 들어가며 부쩍 늘어난 친구들과의 모임입니다. 그러고 보면 이런 자리들이 인생사의 전부인 것 같기도 합니다.

친구 모임 중에서도 특히 환갑을 맞는 친구를 위한 자리가 재미있습니다. 학교 동창들이나 동기들 모임 안에서도 한두 살 차이가 나는 친구들이 얼마간은 끼어 있지요? 빠른 생일이다, 출생신고를 늦게 했다 등의 이유로요. 특히 시골에서 학교를 졸업한 지에게는 익숙한 일입니다.

나이가 어릴 때는 한 살 차이를 목숨 걸고 따졌답니다. '내가 한 살 형이네' 하면서 서열 정리(?) 하기를 즐겼습니다. 그런데 이제는 희끗한 머리가 되어 다들 둥글둥글해져서인지, 한 살 어린 친구에게는 "젊어서 좋겠다", 한 살 많은 친구에게는 "그간 '동생들' 건사하느라 고생했네"라며 덕담까지 나누게 되었네요.

환갑을 맞는 친구의 축하 자리에서 빠질 수 없는 것이 있습니다. 바로 환갑 맞는 친구의 소감 한마디 듣는 시간입니다. 뭐가 부끄러워서인지 몰라도 주인공은 다들 얼굴을 붉히며 마지못해하기 일쑤입니다. 그러다가 고안한 것이 환갑 전용 건배사! 환갑 아닌 친구들이 환갑 맞는 친구 이름 뒤에 "축하!"를 붙여 선창하면 주인공은 "이런 젠장!"으로 화답하는 것이지요. 결국 환갑 소감은 "이런 젠장!"이 되어버리고 맙니다.

올해에도 다른 친구들보다 먼저 환갑을 맞는 몇몇 친구들이 있었습니다. 환갑 축하를 받는 어떤 친구가 이걸 또 살짝 비틀어 말하더군요.

"이런 된장!"

100세 시대에 환갑 축하 받는 게 쑥스러워서, 아니면 그동안 애쓰며 살았는데도 아직 현실이 녹록지 않아서 이렇게 표현한 것일까요? 그렇지만 그 친구에게 정말 해주고 싶은 말은 "친구야, 인생 잘 살았어!"였습니다.

친구들과 함께한 군산 여행

지난 연말, 고1 때부터 지금까지 40여 년을 이어온 친구들과 만났습니다. 신년 여행을 가자는 이야기가 나왔는데, 추천 여행지로 여수, 해남, 군산 등 공교롭게도 여러 건이 남쪽 지방으로 거론되었습니다. 추천의 이유를 듣자니, 날씨도 비교적 온화하고 먹거리나 볼거리도 풍부해서라고 하네요. 한 친구는 이런 이유를 들기도 했습니다. 서울에서 조금 거리가 있는 여행지라야, 여행 떠나는 날이 가까워져 급하게 일정을 취소하는 친구가 없을 것이라고요. 아무래도 장거리 여행이라면 떠나기 며칠 전부터 만반의 준비를 해둘 테니 말이지요.

드디어 지난주에 친구들과 군산으로 떠났습니다. 바닷가 풍경도 보았고, 일제 강점기에 만들어진 오래된 건물도 둘러보았지요. '장미동'이라는 예쁜 지명에 얽힌 가슴 아픈 뒷이야기도 알게 되었습니다. 일제 강점기, 지금의 장미동에는 호남평야와 충청도 등에서 수탈하여 일본으로 보낼 쌀을 쌓아두던 곳간이 있었다고 합니다. 이러한 이유로 '감추다', '곳간'을 의미하는 장(藏), '쌀'을 의미하는 미(米) 자가 쓰인 이름을 얻게 되었다고 하네요.

여행 중에 만난 우연이라기엔 신기한 일도 있었지요. 점심 식사를 했던 식당 근처에 장례식장이 있었는데, 최근 그곳에서 있었던 장례식 풍경을 입담 좋은 식당 주인으로부터 전해 듣게 된 것입니다. 바로 지난 1월에 세상을 떠난 민살풀이춤의 대가 장금도 예인의 장례식 풍경입니다.

발인 전날 저녁, 고인이 된 예인의 영정 앞에 생전에 고인과 함께했던 젊은 춤꾼들이 모여서 장구 치고 소리도 하면서 한바탕 잔치로 추모했다고 합니다. 고인이 즐겨 추던 민살풀이춤은 수건을 들지 않은 맨손으로 살풀이장단에 맞추어 추는 우리 전통 춤을 말합니다. 손을 머리 위로 넘기거나 어깨 아래로 떨어뜨리지 않는 정적인 동작이 특징이라네요.

이번 여행을 통해서 민살풀이춤도, 장금도라는 예인의 존재도 새롭게 알게 되었습니다. 특히 그녀의 기구한 인생사에 마음이 쏠렸지요. 장금도 예인은 궁핍한 집안에서 태어났습니다. 열세 살 어린 나이에 군산 권번에 들어가 예기(藝妓)로 가(歌), 무(舞), 악(樂)을 익히며 고단한 삶을 살았습니다. 이후 정신대에 끌려가지 않으려고 결혼을 결심했고, 남편이나 자식들 알게 될까 싶어 과거를 숨기며 살았답니다. 그런데 주변에서 "제발 속에 담아두지 말고 사람들 앞에 나서보라"고 권유해 다시 춤판에 서게 되었다지요.

지금껏 살면서 몰랐던 아픔들을 친구들과 함께한 군산에서 알게 되었습니다. 여행을 마무리하면서 친구들과 약속도 했지요. 우리 남은 인생 잘 살아서 누가 먼저 죽거든 남은 친구들은 예인이 받았던 잔치 형식의 이별로 아쉬움 없이 친구를 보내자고. 그러기까지 건강하게 잘 살고, 친구들끼리 더 스며들고, 더 쏘다니자고 말이지요.[2019]

내가 그런 사람 중 하나라면

어릴 때부터 친구처럼 지낸 고종사촌이 있습니다. 나이가 같기도 하고, 철없던 시절엔 어른들한테 괜스레 품었던 반항심에 대해 이야기를 나누며 많이 가까워졌지요. 그러다 각자의 생업이 바빠지면서 자주 보지 못하고 가끔씩 가족 행사에서나 만나는 사이가 되었습니다. 이번 명절에 고모님을 문병 갔다가, 거기서 소식을 전해 듣는 정도로요.

얼마 후가 그 친구 환갑날인데, 직계 가족들끼리만 모여서 조촐하게 축하하는 자리를 갖는다고 하더군요. 고모님을 뵙고 돌아오는 길에 아내에게 "나도 그 자리에 가야겠다"고 했습니다. 아내는 "초대도 못 받은 사람이 무슨 소리예요? 가족들끼리만 모이고 싶은 사정이 있겠지요"라며 적극적으로 말리더군요. 아내의 말에 일리가 있어 더 이상 대꾸하지 않았지만 마음 한구석이 횅해졌습니다.

대학 졸업하고 들어간 회사의 신입 사원 교육 마지막 날, 노(老)강사께서 "이런 사람을 갖는다면 성공한 인생이 아니겠습니까?"라며 시 한 편 읽어주셨습니다.

만리길 나서는 길
처자를 내맡기며
맘놓고 갈 만한 사람
그 사람을 그대는 가졌는가

온 세상 다 나를 버려
마음이 외로울 때에도
'저 맘이야' 하고 믿어지는
그 사람을 그대는 가졌는가

—함석헌, 「그 사람을 가졌는가」 중

여러분은 어떠신가요? 노강사 말씀대로 성공한 인생 되어가고 있으신지요. 저는 요즘 자신이 없습니다. 어린 날처럼 만사 제쳐놓고 친구 우선할 수도 없는 세상입니다. 그런 줄 저도 알고, 친구도 알 겁니다. '그런 사람'을 가지는 것도, '그런 사람'이 되는 것도 참 어렵지요. 그래도 제가 먼저 친구에게 손 내밀어 옛 추억을 나눌 수 있다면 유일한 '그런 친구'는 못 되어도 '그런 친구' 중 하나는 될 수 있지 않을까요. 그런 사람이 되고 싶습니다.

세월이 쌓여가는 모습을 봅니다

계절이 바뀌는 길목에서는 생각이 많아집니다. 달력의 숫자가 바뀌는 걸 보면서, 한층 따뜻해진 볕을 느끼면서 또 다시 계절이, 세월이 흘러가고 있음을 깨달으며 말이지요.

도서관에 들렀습니다. 산문집이 늘어선 서가를 둘러보다가 특이한 책 제목에 시선이 꽂혔습니다. 『무르익다』. 제목에 이끌려 책을 빌려왔지요. 사회학과 교수인 저자가 자신의 삶을 관조하며 나이 드는 마음가짐에 대해 쓴 책이었습니다. 그는 나이 든다는 것은 시드는 게 아니라 무르익는 것이라며, 세월 가는 것이 기쁘고 감사하다고 담담하게 일러주었습니다.

법정 스님은 생전에 수련을 시작하던 시절의 자신을 '풋중'이라고 표현했다고 합니다. 그 시절을 거치고서야 지금 우리가 알고 있는 큰스님이 되셨겠지요. 그렇다면 우리는 인생의 어디쯤에서야 '무르익다'라는 말이 어울리게 될까요?

친구들 모임에서 총무를 맡고 있는 친구가 새로운 제안을 했습니다. 더 이상 회비를 걷지 말고, 이제부터 쓰기만 하면 어떻겠냐고요. 만약 갑자기 먼저 떠나는 친구가 있다면 이 돈은 그걸로 끝인 줄 알라고 덧붙였습니다.

순간 예전에 회사 근처 공원을 거닐다가 우연하게 들었던 말이 떠올랐습니다. "죽었는 줄 알았더니 살아 있었네."

벤치에 앉아서 햇볕을 쬐고 있던 노인 한 분이 다가오는 친구분에게 그렇게 말씀하시더군요. 저는 그 인사가 하도 인상 깊어서 아직까지 기억하고 있습니다. 반가운 마음을 슬쩍 숨긴, 짓궂은 안부 인사였겠지요? 함께 세월 가는 모습 바라보는 사람들만이 나눌 수 있는 인사가 아닐까 싶습니다.

총무 친구의 제안도 그와 같은 듯합니다. 다소 오싹(?)하기는 해도 다들 건강히 오래 살아 같이 쓰자는 뜻으로 알아듣고 만장일치로 통과시켰습니다.

막역한 후배 하나가 뇌졸중에 이어 신장 수술까지 받으며 지난겨울을 넘겼습니다. 그는 젊은 시절, 꼭 하고 싶은 일을 찾지 못했다면서 여러 번 퇴사와 이직을 했는데 그때마다 제가 "이번엔 좀 참아라"며 만류하곤 했습니다. 이에 아랑곳하지 않고 끝내 자신이 원하던 일을 찾아내어 저를 '꼰대'로 만든 멋진 후배이기도 하지요. 그는 마음에 꼭 맞는 일을 찾자마자 내달리듯 일했고, 그에 따른 결과도 좋았습니다.

그런데 지금은 감기에 걸리는 것을 극도로 조심하고, 약간의 염분이 포함된 음식조차 피하며 조심스럽게 지내고 있습니다. 최근에 후배를 만나 "요즘엔 좀 어떠니?" 물었더니 이렇게 대답합니다. "아주 조금씩, 조금씩 좋아지고 있습니다." 그 말이 왜 그리 가슴에 남던지요.

겨울잠을 자던 개구리가 깨어난다는 경칩입니다. 드디어 봄이 왔다는 이야기가 여기저기서 들립니다만, 완연한 봄이라기엔 부족합니다. 이 봄 또한 조금씩, 조금씩 오고 있을 테지요. 세월이 흘러간다는 말 대신에 조금씩, 조금씩 쌓여간다고 말하고 싶습니다.

꿋꿋하게 가는 길에 축복 있을지어다

며칠 전 신문에서 본 기사입니다. 초고령 사회인 일본에서는 지역 사회에서 노년층의 건강 증진을 위해 나이에 맞는 여러 운동을 소개하고 있다고 하네요. 근육량 감소를 예방하기 위한 근력 운동, 인지 기능 저하를 막기 위한 두뇌 운동, 그리고 이 둘을 결합시킨 운동도 있답니다.

예를 들면 이런 식이라고 합니다. 하체 근력 운동인 스쿼을 할 때, 매 자세마다 동작 번호를 외치는 것이지요. 동작 번호는 숫자와 가나다순으로 나뉩니다. 예를 들면 숫자 동작 번호는 100부터 시작해서 다음 자세로 넘어갈 때마다 이전 숫자에서 3을 빼가면 됩니다.

바로 이런 식이지요. 양발을 좌우로 벌리고 섰을 때 "100!", 그 자세에서 천천히 무릎을 구부리면서 "97!", 다시 천천히 무릎을 펴면서 "가!"(이다음부터 "94, 91, 나…"라고 외치면 되겠지요?) 저도 직접 해보았는데, 스쿼 동작을 하며 동시에 두뇌를 써야 해서 은근히 어렵습니다.

이러저러한 운동을 알게 되었다며 친구에게 직접 시범을 보인 적이 있습니다. 제 동작을 물끄러미 바라보던 친구, 제 팔을 붙잡더니만 "꼭 그렇게까지 하며 오래 살아야 되겠니?" 합니다. 그 말에 조금 머쓱해져서 운동을 멈췄습니다.

집에서 아이들에게 종종 "숙제하며 텔레비전 보지 마라", "밥 먹으며 핸드폰 만지지 마라" 했던 기억이 났습니다. 여러 가지 동시에 하다 보면 집중력도 떨어지고, 뭐 하나 제대로 하지 못할 것 같아서였지요. 그런데 가만 생각해보니, 제 어린 시절에도 우리 아이들 같았네요. 라디오 들으며 공부하고, 밥 먹으며 책 읽고, 텔레비전 보면서 잡담하고…. 그땐 단번에 여러 일을 동시에 하면 이득이라고 여겼거든요.

그런데 나이 들어 '멀티 플레이'를 다시 배우고, 하고 있네요. 또 아이들은 제가 하지 말라고 했던 말에 상관없이 여전히 밥 먹으며 핸드폰 보고, 발 떨고… 멀티 플레이 하고 있습니다. 친구는 말렸지만 당분간 저도 멀티 플레이 하렵니다.

"친구야, 네가 뭐래도 나는 내 길을 꿋꿋하게 가련다! 너도 늙어서 위엄 지키는 삶 살려면 나를 따르거라!"

모두가 똑같을 필요는 없겠지요?

초등학교 동창 친구들 열댓 명과 청와대 뒷산(북악산 혹은 백악산이라고도 하지요?)에 다녀왔습니다. 등산이라기보다는 트레킹에 가까웠지요. 보슬보슬 비가 내리던 날, 부암동 창의문에서 출발해 삼청공원 쪽으로 내려와 청계천에서 끝난 일정이었습니다. 내려오며 청와대, 국무총리 공관 등을 지나고, 북촌 한옥마을을 거쳐 인사동과 조계사를 둘러보고, 광화문 광장을 지나 청계천까지 간 거지요.

몇몇 친구들이 "이런 곳은 처음 와본다"고 하여 적잖이 놀랐습니다. 이순신 장군 동상이 서 있는 세종로도 마찬가지고요. 문득 시골에서 초등학교만 졸업하고, 서울 올라와 40여 년 넘게 일만 한 친구의 굽은 어깨가 가련하게 느껴졌습니다. 지금은 다들 먹고살 만합니다만…. 그래서 빗속이라도 이리저리 다녔지요. 보슬비라고는 해도 내리 5시간 정도를 걸으니 양말까지 젖었습니다. 그래도 모두들 목표로 한 청계천까지 불평 없이 걸었고, 다시 까까머리 초등학생으로 돌아간 듯 눈빛이 반짝거렸습니다.

청계천 변에 위치한 식당에 들어가 그 옛날 교실에서처럼 왁자지껄하게 이야기를 나누었습니다. 5학년 때, 동급생 수가 얼마 되지 않아서 6학년 선배들과 함께 서울로 수학여행 간 이야기가 가장 먼저 나왔습니다. 우리 살던 시골에는 전기가 안 들어왔으니 텔레비전도 당연히 없었지요. 자연스럽게 이어진 것은 서울 와서 텔레비전을 처음 보고 놀란 이야기, 길거리에 다니는 전철을 보고 타지 않고 피해 다닌 이야기….

밤에 골목길 걸을 때 '서울 가면 코 베어간다'는 말이 생각나서 발걸음을 재촉했다는 이야기에는 모두 박장대소를 했지요. 어두워지면 호롱불 켜는 게 다반사라 공부는 낮에만 하는 걸로 알았다는 친구의 말에는 짠한 마음도 들었습니다. 아마 그 말을 형제가 많아 초등학교만 마치고 서울로 일하러 간 친구가 해서 더 그랬는지도 모르겠습니다.

돌아오며 모두가 똑같이 알아야 하고, 같은 곳을 가야만 할 필요는 없겠다고 생각했습니다. 생활에 매진하느라 다른 이들이 흔히 가는 곳을 친구들은 처음 와보았지만, 그런 풍경을 놓친 것과는 상관없이 자기 형편에 만족하고, 사람 냄새 물씬 풍기며 살고 있으니 친구들이 자랑스럽게 느껴졌지요. 진심으로 잘 살아온 친구들과 함께한 우중 나들이가 무척이나 유쾌했습니다.

이 정도면 레전드지요?

텔레비전이나 신문에서 '레전드(legend)'라는 말이 곧잘 쓰이는 것을 봅니다. '전설'이라는 본래 의미는 차치하고, 영웅이 없는 이 시대에 각 분야 전문가들을 '레전드'라 불러주는 사회 분위기가 나쁘지는 않다고 생각합니다.

절친한 친우인 사석원 작가가 멋진 전시회를 열었습니다. 이름 하여 〈고궁보월(古宮步月)〉. '옛 궁에서 달의 그림자를 밟노라'라는 의미입니다. 전시 개막을 축하하기 위해 그를 아는 다른 친구들과 전시회장을 찾았습니다. 작가 친구는 전시 관람이 끝나면 전시회장에서 가까운 광화문 주변 몇 곳을 "순례하자"고 제안했지요. '순례하다'란 '회식하다' 정도로 바꿔 쓸 수 있는 우리들 사이의 용어입니다.

친구는 막차 끊기기 전에 파할 테니 자기만 믿고 따르라고 했습니다. 약간 불안하기는 했지만, 전시회가 열리고 2주간 하루도 빠지지 않고 "달그림자를 밟았다"는 그의 간을 믿기로 했습니다.

순례의 첫 번째 여정은 우선 자그마한 퓨전 한식당이었습니다. 친구가 이후의 일정도 있으니 배 속을 적당히 비워두라 했건만, 음식 맛이 예술이어서 그만 먹고 마시고 해버렸지요. 다음 코스는 비좁고 허름한 골목집! 투박한 주인 닮은 음식에 내공 쌓인 손맛이 그대로 배어 있었지요. 맛은 물론이고 노천이나 다름없는 처마 안 자리에 앉아 비 오는 골목길을 바라보는 것만으로도 감흥이 살아났습니다. 이어서 반지하에 있는 작은 술집! 주인을 가운데 두고 빙 둘러앉으니, 열 명이 꾸역꾸역 어깨를 부딪치면서 앉을 수 있었습니다. 기타 치고, 노래하며, 건배하고…. 그 좁은 공간에 무려 스물일곱 명이 함께했다는 전설도 들었네요.

4차는 우리 세대 때 유행하던 '고고장' 콘셉트의 카페! 혹시 고고장을 기억하는 분 계신가요? 과거 고고장의 디제이박스 안에 있던 디제이는 흡사 교주와도 같았지요. 그가 트는 음악, 외치는 멘트에 따라 모두가 열광했습니다.

이번에 간 카페는 마치 시계를 30여 년 전으로 되돌린 듯 그 시절 고고장을 빼닮았습니다. 춤추는 사람들만 10대에서 40~50대로 바뀐 풍경이 참 묘하더라고요. 신나게 흔들다가 찐~한 블루스에 맞춰 흐느적거리기까지…. 그러나 신기한 점은 그 모습이 그리 흉하게 보이지 않았다는 겁니다. 저도 함께 늙어간 탓일까요?

거기서 마치나 했는데, 친구가 마지막으로 남은 곳이 있다고 하더군요. 바로 순례의 마지막을 장식하는 순댓국집! 결국

5차까지 거나하게 달리고서 달도 저물어가는 새벽, 그제야 달 그림자를 밟고 집에 갈 수 있었답니다.

　내 친구 사석원. 그림으로, 또 인간미로 익히 레전드인 줄 알았는데, 순례 또한 레전드인 줄 거듭 확인했지요. 물론 그와 함께한 광화문의 순렛집 하나하나도 실로 레전드였습니다. 이후 며칠간 행복한 후유증에 시달렸습니다.

무더위 극복용 강력 처방전

요새 너무 덥지요? 잠깐 나갔다가 들어왔을 뿐인데, 온몸이 땀에 젖어 엉망입니다. 출근길, 땀을 줄줄 흘리고는 냉방이 잘 되는 사무실에 들어오면 출근길의 피로함에, 열대야로 고생했던 간밤의 피곤까지 겹쳐 오전 업무 시간에도 살짝 졸음이 올 때가 있습니다.

사무실 직원들이 "추위는 견딜 만한데, 더위는 못 참겠어요"라 합니다. 저는 속으로 '겨울 되면 반대로 이야기할 게 뻔한데…' 싶지만, 막상 "그렇죠, 맞아요" 하며 고개를 끄덕여줍니다. 너그러워지기로 한 거지요. 날도 더운데 서로 아웅다웅할 필요 없을 것 같아서요.

군대 시절, 해안가에서 보초 근무할 때의 일입니다. 요즘처럼 무더웠던 여름날, 총 내려놓고 옷 벗어둔 채 시원한 해풍을 쐬던 일탈이 생각납니다(그러면 안 되는 일이지요).

또 첫눈이 왔던 어느 크리스마스이브엔 간첩선 감시하라고 바다 쪽을 비추도록 놓인 서치라이트를 하늘로 향해 비춘 적도 있습니다. 함박눈 내리는 밤하늘에 생긴 은빛 터널 한 줄기. 그 모습을 넋을 잃고 감상하다가 선임에게 실컷 욕먹었던 기억도 떠오릅니다(아이고, 역시 안 될 일입니다). 날이 더워지니 실없이 옛날 일이나 늘어놓게 되네요. 그래도 더위 넘기는 데에 실없는 이야기만큼 직방으로 듣는 처방은 없는 것 같습니다.

생일을 맞은 친구가 있어 얼마 전 고교 동창들이 한자리에 모였습니다. 육십 줄을 바라보는 나이임에도 만나면 왜 그리 쉽게 악동들로 변하는지….

친구 일동이 생일 맞은 친구에게 선물을 주며, "죽을 때도 태어난 순서대로 갈 것을 꼭 약속하라"고 윽박지르고, 생일 맞은 친구가 축하곡으로 〈사노라면〉을 부를 때도 가만있지 않았지요.

마이크를 쥐고 "사노라면 언젠가는 밝은 날도 오겠지…" 열창하는 친구에게 "밝은 날은 안 온다. 이 나이에도 그걸 모르냐"고 도발하며 실없이 굴었습니다. 티격태격하며 웃고 떠드는 새에 무더위도 저만치 도망을 갔네요.

너그러워질 것, 그리고 실없어질 것. 무더위 극복용 강력 처방전이 여기 있습니다.

태풍 탓인지, 태풍 덕분인지

지난 휴일에 친구들과 2박 3일로 울릉도를 가려고 했습니다만, 계획을 세우고 얼마 되지 않아 태풍이 온다는 소식을 듣고 취소했습니다. 부부 다섯 쌍 총 열 명이 어렵게 날을 잡아 결행한 것인데, 못 가게 되니 많이들 아쉬워했지요. 그래서 원래 여행을 떠나기로 한 날에 빗속에 모여 함께 점심이나 나누기로 했습니다.

궂은 날씨에 친구들 내외가 모였습니다. 서로 반갑게 인사를 나누었지만 여행에 대한 미련을 완전히 떨치진 못했는지 언뜻언뜻 구름 낀 하늘 같은 표정이 될 때가 있었습니다. 무슨 말만 하면 "울릉도!"라고 구호를 외치며 아쉬움을 달랬지요. 여유를 부리다 보니 점심도 얼추 다 먹어갔습니다. 슬슬 마치나 싶었는데, 몇 시간 전과는 딴판으로 비가 그치고 햇빛까지 들기 시작하는 겁니다.

화창해진 날씨가 야속하기만 한 우리들은 "너무 서운하니까 아예 저녁까지 함께하자"고 이구동성으로 말했지요. 그래서 영화도 보고, 운동도 하고, 저녁까지 먹으며 오래 붙어 있었습니다. 점심이 '울릉도 첫째 날'이라면, 저녁부터는 '울릉도 둘째 날'이라면서요. 처음 만나서는 다들 뾰로통한 기색이었는데 헤어질 때는 온화한 얼굴이 되어 있었습니다. 울릉도 여행은 내년에 다시 도전해보자며 굳게 약속을 하고 헤어졌습니다.

친구들과 함께 보낸 10시간 남짓한 시간 동안 얼굴 표정이 변했듯 생각에도 변화가 있었습니다. 처음에는 기껏 세운 계획을 그르쳐 태풍이 원망스럽기만 했는데, 만남을 마무리할 때는 태풍 따윈 전혀 상관없게 되었지요. 저 자신에 관한 일도 어찌 흐를지 한 치 앞을 모르고, 제 마음도 스스로 갈피를 못 잡을 때가 있는데 자연재해인 태풍의 마음을 어찌 알겠으며 그 뜻을 무슨 수로 거스를 수 있을까요.

집에 돌아오니 텔레비전에서 태풍으로 피해를 입은 지역의 뉴스가 흘러나왔습니다. 수도권과는 달리 남부 지역에 피해가 커서 놀랐지요. 특히 추수를 앞둔 농촌 지역의 피해 소식에 마음이 쓰였습니다. 태풍이 헤집고 간 농작물이 파헤쳐진 밭을 망연자실하게 바라보고 있는 농부의 모습을 보니 제 마음도 무언가가 할퀴고 지나간 듯해서요.

얼마 전, 작년에 베란다에 들인 목화에서 솜털이 보송보송한 작은 열매가 달렸을 때 아들에게 "솜이불 만들어줄 수 있으니 얼른 장가가라"고 했던 일이 스쳤습니다. 겨우 목화 두 송이에서 이런 결실의 기쁨을 얻는데, 자식같이 돌본 논밭을

다 잃은 심정이 어떨지…. 그분들의 마음을 제가 다 헤아리지 못하겠지만 저 또한 가슴 한편이 아파왔습니다.

　태풍 때문에 하루에도 마음이 환했다가 어두웠다가 한 날이었습니다. 태풍 탓인지 아니면 태풍 덕분인지 제가 '폭풍 성장', 아니 '태풍 성장'한 날이기도 했습니다.

사람 냄새 나는 시골 삶이 그립습니다

어린 시절을 시골에서 보냈습니다. 소낙비가 내려도 아랑곳하지 않고 친구들과 신나게 쏘다녔습니다. 똥강아지처럼 놀다가 입술이 새파래져 집으로 돌아갈 때면 대문간에 서 계신 어머니가 보였습니다. 어머니는 제 꼴을 보시고는 혀를 끌끌 차며 이렇게 말씀하셨지요.

"빗속을 쏘다니다가 온 모습이 꼭 물에 빠진 생쥐 같구나."

그러시고는 젖은 옷을 벗기고 훈훈하게 덥힌 물로 씻기셨습니다. 목욕을 마치고서 따뜻한 방에 이불 덮고 누워 있으면 슬며시 눈이 감겼습니다. 어머니가 부엌에서 무언가 달그락거리시는 소리를 들으며 포근하게 잠이 들었습니다.

그 시절 시골에서는 비 맞는 게 자연스러웠고, 비를 피하는 게 오히려 까탈스러운 일이라고 여겨졌습니다. 요즘의 우리들은 빗방울이 떨어진다 싶으면 잰걸음으로 우산을 찾아 헤매고, 우산이 없으면 손바닥으로 하늘을 가려서라도 비를 피하려고 기를 씁니다. 우리보다 자주 비가 내리는 영국에서 온 친구가 이렇게 묻더군요. "혹시 한국 사람들은 설탕으로 만들었나요?"

서울에서 나고 자란 제 친구 하나는 얼마 전에 서울살이를 정리하고 낙향했습니다. 퇴직하고 아내의 고향 근처에서 살기로 한 것이지요. 텃밭 가꾸고 꽃 기르기를 좋아하는 아내를 위해 집 주변을 대대적으로 정리했다고 하더군요.

텃밭 정리를 하다가 한 군데에 망태꽃이 예쁘게 피어 있어서 '나 몰래 아내가 심어뒀나?' 싶었답니다. 그래서 망태꽃 무리는 제외하고 밭을 일구는데, 아내가 와서는 "여긴 왜 남겨둔 거예요?" 묻더랍니다. 그제야 아내가 심은 게 아니라 저절로 핀 꽃들이란 걸 알게 된 것이지요. 시골 공터에서 가장 흔하게 피는 꽃이 망태꽃이란 사실, 여러분은 알고 계셨나요?

도시에서 살 때보다 얼굴은 좀 그을었지만, 친구의 표정은 그 어느 때보다 생기가 도는 듯합니다. 귀촌 생활을 하며 몰랐던 것을 알아가고, 도시에서 누리지 못했던 행복을 발견하고 있는 친구. 인생 2막을 새롭게 시작하고 있는 친구의 앞날이 더 기대가 됩니다. 그리고 지금쯤 시골에서는 어떤 냄새가 짙게 풍기고 있을지 궁금합니다.

늦가을 나무가 준 교훈

친구들과 길을 지나다 보도블록이 들려 일어난 곳을 보았습니다. 한 친구가 부실 공사 탓이라고 혀를 찼지요. 그러자 조경업을 하는 '나무 박사' 친구 왈, 부실 공사일 수도 있지만, 그보다는 주변에 있는 가로수 때문일 거라고 하더군요. 나무가 성장하려고 영양분을 찾아 뿌리를 뻗다 보니 생긴 아주 자연스러운 일이라는 것이지요. 그 말을 듣고 자세히 보니 보도블록이 들린 곳 아래로 비대한 나무뿌리가 드러나 있었습니다. 아스팔트로 덮인 차도 쪽으로는 보도에 비해 뿌리가 맹렬하게 뻗질 못해서 툭 잘린 형태였고요.

자기 전문 분야 이야기가 나와서 신이 난 나무 박사에게 나무와 관련한 이야기를 마저 들었습니다. 활엽수의 월동 준비가 특히 신기했지요. 겨울을 앞둔 시기, 활엽수는 서서히 나뭇잎을 떨구고 겨우내 생존에 필요한 최소한의 수분만을 간직한다고 합니다.

이 이야기를 듣고 저는 자못 숙연해졌습니다. 버리기보다는 움켜쥐려고 할 때가 많은 우리네 인생을 돌아보게 만들었기 때문입니다.

좋은 친구 둘이 과감히 사직을 하고서 힘을 합쳐 회사를 차린 지 10년이 되었습니다. 회사를 운영하며 크고 작은 부침도 있었을 텐데, 그때마다 지혜롭게 해결해 여기까지 왔습니다. 건실하게 이어온 10년을 축하하기 위해 친구들이 모여서 점심 한 끼 먹기로 했습니다. 어떻게 축하하면 좋을까 고민하다가 저는 나무의 삶에서 해답을 찾았습니다. 갖고 있는 여행 기념품 중 친구들이 좋아할 만한 것 하나씩을 선물하기로요.

제겐 외국이나 국내 여행을 하며 모은 기념품이 꽤 됩니다. 제 수중에 들어올 수밖에 없었던 합당한 이유를 저마다 갖고 있는 것들로, 무엇보다 귀한 물건들입니다. 하나하나 다른 것과 바꿀 수 없이 소중하게 여겨왔으나 훗날에도 그리 대할지는 모를 일입니다. 또 저보다 친구들에게 가서 더 귀한 대접을 받을지도 모르지요.

선물을 받고서 기뻐할 친구들을 기대하며 어떤 것을 선물할지 고민해봐야겠습니다. 움켜쥐기보다는 버리는 삶에 익숙해지렵니다.

올해의 결실

지인 한 분이 몇 해 전에 노르웨이 오슬로를 방문했는데, 공항에 마중 나온 분들이 털모자를 건네며 "머리가 얼지 않도록 조심하라" 했다고 합니다. 그만큼은 아니지만 요새 서울도 제법 추웠습니다. 연말은 코앞이고, 예년보다 더 추운 날씨에 도통 마음이 편치가 않았습니다. 한 해에 할 수 있는 만큼 '씨 뿌리는 일'은 다한 것 같은데, 올해의 결실이 무엇인지 퍼뜩 떠오르지가 않더라고요.

지난달 강릉에 사는 친구를 만나러 갔습니다. 학창 시절, 저와 키도 비슷하고 마음도 잘 맞아서 친하게 지냈는데 학교 졸업 후 오랫동안 통 못 보다가 동창회를 통해 해후하게 되었지요. 연락처를 주고받고 간간이 통화로 서로의 소식을 전했습니다. 그러다가 "얼굴 한 번 더 보자"는 이야기가 나온 김에 친구가 살고 있는 강릉을 방문하게 된 것입니다.

오랜만에 옛 친구와 단둘이 만날 생각에 마음이 설레었습니다. 학창 시절 추억은 물론 그동안 어떻게 살았는지 묻고 싶은 것도 많았지요.

강릉에 도착해 반갑게 상봉을 하는데, 친구가 대수롭지 않은 표정으로 말하더군요. 조금 이따 식사에 동석할 친구가 있다는 겁니다. 일단 당황했습니다. 둘이서만 만날 거라고 생각했고, 다른 친구 이야기는 일언반구도 없었기에 그랬습니다. 하지만 동석할 친구도 거의 다 왔다고 해서 얼른 표정을 숨겼습니다.

저는 몰랐습니다만, 알고 보니 동석한 친구도 우리와 같은 동창이었습니다. 친구는 "이 친구, 강릉에 사는 유일한 우리 동창이야"라며 제게 인사를 시켜주었지요. 처음에는 이 낯선 친구가 영 편치 않았는데, 어느새 학창 시절 이야기, 객지 생활 이야기 등 그간 살아온 이야기를 하며 공감대를 확인했습니다. 처음 만나는 친구라고 거리를 두지 않고 솔직하게 말한 것이 오히려 잘한 일인 듯했지요. 이 나이쯤 되니 쌓인 대화의 내공이랄까요.

그날 자리를 마치고 숙소로 돌아가는 길에 원래 알고 지내던 친구에게 말했습니다. "고맙다. 저런 사연 가진 친구를 만나 짧은 시간 안에 또 새로운 세상을 알게 해줘서."

강릉 다녀와서 얼마 후엔 회사를 그만둔 후배와 따뜻한 점심 식사를 나눴습니다. "다음에 보자" 하고 헤어지는 길에 그에게 연락을 받았네요. 새해 초에 같이 여행 가면 어떻겠냐고요. 제가 모르는 다른 친구와 셋이서 말이지요. 선뜻 "오케이" 했습니다. 몇 년 전의 저라면 어딜 갈 건지, 누구와 동행을 하는지 한참을 묻고 피곤하게 했을 겁니다. 놀라운 변화지요. 앞으로는 이렇게 좀 더 무디게 살아보려고 합니다. 아마도 이게 올해의 가장 큰 결실 아닐까요?

4

매일 배우며
삽니다

함께 가고 싶습니다

신년회나 시무식 등 새해 시작을 알리는 행사에서 마무리를 할 때 다 같이 외치는 표현이 있습니다. "함께 갑시다!"

새해 들어 책을 읽다가 이 말의 묵직한 의미를 생각하게 되었습니다. 읽고 있는 책은 연세대학교 철학과 명예교수인 김형석 교수가 쓴 수상집으로 삶과 죽음에 대한 깊이 있는 사유를 담고 있습니다.

김형석 교수는 1920년생, 올해로 100세가 되는 분입니다. 지금도 왕성하게 집필과 강연을 하시는 등 현역으로 활동하고 계십니다. 많은 사람들이 한철 동안 빛을 발하다 사라지는 것과는 다른 행보이지요? 100세 나이에도 건재하다는 사실만으로 미래를 불안하게 여기는 많은 사람들에게 응원을 보내는 듯합니다.

저는 한 세기를 살아온 철학자가 거친 인생의 단계와 그 과정을 지나 조각을 깎아가듯 점차 혼자가 되어가는 모습을 가슴 절절하게 살펴보았습니다.

누구보다 사랑했을 어머니와 아내를 떠나보내고 느꼈던 상실감은 제게도 아프게 전해졌습니다. 김형석 교수는 이런 아픔을 분신과도 같던 친구들을 통해 치유받습니다. 이 친구들은 바로 철학계의 동료였던 김태길, 안병욱 교수를 말합니다. 김형석 교수는 이들을 "삶의 동지이자 사명의 동행자"라고 하셨지요.

그런데 두 친구 모두 김형석 교수보다 먼저 세상을 뜹니다. 친구들과 함께 걸었던 길을 홀로 걸어야 하는 시간과 마주하자 그는 세상이 빈 것 같다고, 혼자 남는 일이 그렇게 힘든 줄 몰랐다고 고백합니다. 그러나 절망하지 않습니다. 두 친구는 세상에 없어도 그들이 남기고 간 일을 마무리할 책임을 다하겠다고 스스로 추스릅니다. 여기에는 믿음이 있어 행복하다는, 신앙의 힘도 크게 작용했을 것입니다.

우리도 언젠가 가야할 길을 먼저 걷는 어른의 모습에 만감이 듭니다. 인생길, 여럿이 걷다가 결국 그 끝에 혼자로 남겠지만 혼자로 잘 남기 위해 지켜야 할 여러 가지 마음에 대해 생각하게 됩니다. 새해의 첫 자락에서 너무 무거운 인사가 될까요? 함께 가고 싶습니다![2019]

살기 위해 배운다

선배와 동료, 후배를 만나 오랜만에 저녁 식사를 했습니다. 연초에 손녀를 본 동료는 만나자마자 자랑을 늘어놓았습니다. 이미 초등학생인 손주를 둔 선배는, 그걸 보고 그저 빙긋이 웃기만 했습니다. '세월이 화살'이란 이야기부터 손주들의 앞날 걱정까지 화제는 종횡무진이었지요. 요즘 남자들, 수다가 장난이 아닙니다.

후배는 얼마 전 강연에서 흥미로운 이야기를 들었다고 했습니다. 글로벌 컨설팅 전문기관 맥킨지글로벌연구소의 조너선 웨츨 소장의 초청 강연 내용이었지요. 웨츨 소장은 지난 20년간 미국에서 가장 빠르게 증가한 직군을 소개했답니다. 그것은 바로 Others! 즉 '기타'로, 기존 직업군으로는 분류하기 어려운 직업들을 일컫는 것이었습니다. 과거에는 없던 새로운 직업이 생겨났다는 의미겠지요.

동료가 최근에 읽고 있는 책 이야기를 꺼냈습니다. 현재부터 가까운 미래의 트렌드까지 전망하는 책이라며 거기서 본 놀라운 이야기를 들려주고 싶다고요.

한 남성이 선명하게 인화된 사진을 식탁에 올려놓았답니다. 남성이 자리를 뜨자 이제 막 걷기 시작하는 그의 아들이 식탁 가까이 다가갔다지요. 그러고는 사진에 대고 엄지손가락과 집게손가락을 연신 벌렸다가 오므렸다가 반복했다고 하네요. 고화질 사진이 스마트폰의 액정 화면인 줄 알았던 거지요. 아시다시피 요즘 아이들은 말문이 트이기 전부터 스마트폰이나 태블릿 컴퓨터 등의 전자기기를 익숙하게 보고 만지지 않습니까? 몇 번을 시도해도 안 되자 아이가 당혹스러운 표정으로 아빠에게 말하더랍니다. "아빠, 고장 났어!" 시대가 빠르게 변하고 있다는 걸 보여주는 상징적인 이야기 같았습니다.

동료의 이야기를 듣고 저희 아이들 어릴 때가 생각났습니다. 저도 비슷한 경험을 한 적이 있기 때문입니다. 아이들이 초등학교 다닐 때, 학교 앞에서 병아리를 사온 적이 있습니다. 며칠 키우다가 그만 병아리가 죽고 말았죠. 그걸 보고 아이들이 "병아리가 고장 났다"고 표현하더군요. 비록 당시엔 스마트 전자기기는 없었지만, 아이들이 로봇이나 무선 조종 자동차 등의 장난감은 곧잘 갖고 놀았기에 기계의 '온 오프(on off)' 기능에 익숙했던 것입니다. 저는 아이들의 표현에 내심 충격을 받았습니다. '이 아이들이 어떻게 자랄까?' 걱정이 앞섰지요. 그런 아이들이 지금은 제대로(?) 자라서 취업하고, 결혼해서 고장 없이(?) 살고 있습니다.

우리의 대화를 잠자코 듣고 있던 선배가 말했습니다.

"빠르게 변하는 추세에 익숙한 우리 아이들은 잘 살 거야. 걱정은 우리 아닌가? 평생 해온 습관, 지켜온 관행이 너무 많아. 그런 습관과 관행 중 버릴 건 버리고, 계속 배우자고. 살기 위해 배워야지….."

'살기 위해 배운다.' 선배의 말에 어쩐지 얼떨떨했습니다.

봄을 반기는 사람들이 많아지고 있습니다

바람이 많은 4월입니다. 봄바람은 겨울을 견딘 나무와 겨울에 잠긴 대지를 깨우기 위해 그렇게 분다고 하지요. 봄바람이 지나가면 생기를 되찾는 게 어디 나무나 대지뿐일까요? 겨우내 웅크려 있던 사람들을 흔들어 깨우기 위해서도 그렇게 부는 것이라 생각합니다.

최근 구직 동향 기사를 보았습니다. 예전과는 달리 많은 구직자들이 직접 '몸을 쓰는' 기술 교육이나 농업 교육 등을 배우려고 한다네요. 제 주변에서도 몸을 쓰는 일을 새롭게 배우려는 선배나 친구들을 어렵지 않게 찾아볼 수 있습니다. 퇴직하고 야생화 전문가로 나선 선배에, 임목 조사를 하기 위해 전국의 산을 타며 땀을 흘리는 선배도 있습니다. 퇴직하면 오랫동안 꿈꾼 수목기술자가 되려고 교육을 받는 친구도 있고, 퇴직하자마자 구청에서 진행하는 겨울 대비 가로수 밑동 보호 작업에 기꺼이 자원한 친구도 있습니다. 또 봄이 오면 교외의 텃밭 가꿀 생각에 겨울 내내 몸이 근지럽던 친구도 있습니다. 오랜 기간 사무실 의자에 앉아 컴퓨터 모니터 앞에서 일하던 선배나 친구들이 이렇게 바뀌고 있습니다.

몸 쓰는 것을 잠시라도 게을리하면 '정원'도 '정글'이 됩니다. 마당 한편이나 텃밭 등을 일구고 가꾼 경험이 있는 분들은 동의하실 거라 생각합니다. 이 정직한 법칙은 고된 일을 피할 핑계도 됩니다만, 한편으로 몸 쓰는 일의 매력이 되기도 합니다.

'영감을 찾는 사람은 아마추어고, 우리는 그냥 일어나서 일을 하러 간다.'

필립 로스의 소설 『에브리맨』에 나오는 문장입니다. 영감을 기다리지 않고 몸 쓰며 일하는 지인들의 건투를 빌어봅니다. 그리고 "나도 조만간 따라가리라" 봄바람에 약조를 실어 보냅니다.

하는 게 안 하는 것보다 낫다

오래 사귄 좋은 친구가 있습니다. 어느 모임에서나 총무를 자처하고, 매사에 열심입니다. 시원시원하면서 부드러운 성격이라 사람들도 이 친구를 잘 따르지요. 그는 어떤 일을 선택할 때도 성격만큼이나 시원시원하게 결정하는 편입니다. 아예 대놓고 이렇게 말하기도 합니다. "해도 후회, 안 해도 후회라면 하고 후회하는 게 낫지!" 이런 막힘없는 태도가 주위 사람들까지 후련하게 할 때가 많습니다.

바이올리니스트 정경화는 2016년 평창에서 열린 겨울음악제 개막공연에서 난생 처음 재즈에 도전했습니다. 클래식 음악가로만 그분을 기억하고 있는 관람객들에게도 낯선 사건이었지요. 재즈 가수 나윤선과 함께한 무대에서 〈어텀 리브스(Autumn Leaves)〉와 같은 잘 알려진 스탠더드 재즈를 연주했습니다. 60년간 걸어온 '클래식 외길'에서의 일탈! 연주를 마치고 나서는 "기절할 정도로 행복했다"고 소감을 밝혔습니다.

얼마나 행복하면 '기절할 정도로'라는 표현을 썼을까요. 저는 몹시 부러웠습니다. 분야를 가리지 않고 무대 위에 서는 것 자체를 즐기는 모습에서 한길을 걸어온 음악가의 내공도 엿볼 수 있었고요. 그런데 그분은 여기서 한발 더 나아가 도인 같은 말을 하더군요. 과거에는 무언가를 하고 안 하고를 지독하게 따졌는데, 지금은 하는 게 안 하는 것보다 낫다고.

저 또한 나이가 늙어도 익숙한 것에 머무르지 않기를 바랍니다. 마음이 동하는 무언가가 있다면 주저하지 않고 해보는 가뿐한 마음으로 살겠다고 다짐해봅니다. 새로운 것을 시도하려는 마음을 먹는 것만으로도 이 나이에 큰 기쁨이 되지 않을까 싶습니다. 벌써 올해의 반이 지납니다. 안 해서 후회할 일들이 또 얼마나 많았을까를 생각해봅니다.

귀한 선물을 받았습니다

태안에 자리한 천리포 수목원을 방문했습니다. 2000년 아시아 최초로 '세계의 아름다운 수목원'에 선정되었으며, 국내에서 가장 많은 식물을 보유한 수목원입니다. 또한 이곳은 미국계 귀화 한국인 민병갈(귀화 전 이름 Carl Ferris Miller) 선생이 평생 헌신과 열정으로 일군 곳이기도 하지요.

민병갈 선생은 1945년 미군 중위로 처음 우리 땅을 밟았습니다. 한국의 자연에 매료된 그는 군 제대를 하고서 한국은행에 취직하기까지 미국과 한국을 오가며 지내다가 아예 한국에 정착하기로 마음먹습니다. 딸의 혼수 비용을 걱정하는 한 노인을 돕고자 지금의 수목원 부지인 천리포 땅을 매입하고, 이 땅을 어디에 쓰면 좋을지 오랫동안 고민하다가 수목원을 만들기로 합니다. 1970년, 처음으로 수목원 조성을 위한 첫 삽을 뜨게 되지요. 9년 후엔 남은 생을 파란 눈의 한국인 '민병갈'로 살아가기로 합니다.

어느덧 진초록으로 물들어가는 수목원을 거닐며 저는 이 아름다운 수목원을 처음 만들고자 한 이에 관한 여러 이야기를 떠올렸습니다.

처음부터 전문가는 아니었던 한 사람이 한 해 방문객 30만 명에 이르는 세계적 수목원을 이루기까지 지난한 고비가 있었을 것입니다. 민병갈 선생은 평생 독신으로 살며 오직 나무만을 자신의 전부라고 여겼습니다. 수목원의 나무를 손수 심는 일은 물론 우리나라 식물학의 대가인 이창복 교수가 쓴 식물도감을 너덜너덜해질 때까지 보며 나무를 공부했다고 전합니다. 그는 유언으로 이런 말을 남기기도 했습니다.

"내가 죽은 후에도 자식처럼 키운 천리포 나무들은 몇백 년 더 살며, 내가 제2의 조국으로 삼은 한국에 바친 마지막 선물로 남기를 바랍니다."

한국인보다 한국을 더 사랑했던 그 마음이 전해옵니다. 그는 귀화를 반대하던 어머니가 허락하시기까지 무려 3년을 묵묵히 기다렸다고 합니다. 훗날 어머니가 돌아가시자 어머니가 한국을 방문했을 때 잠시 머물렀던 숙소 마당에 그녀가 좋아했던 목련 나무를 심었습니다. 이후 아침마다 목련 나무에 가 "굿 모닝, 맘"이라고 문안 인사를 드렸다고 합니다.

민병갈 선생의 장례는 수목장으로 치뤘는데, 어머니에 대한 사랑을 익히 알고 있는 사람들이 그가 묻힌 나무 근처에 목련 나무를 옮겨 심기도 했다네요. 지금도 많은 사람들이 민병갈 선생이 일군 수목원을 찾습니다. 제철 꽃을 보고 솔숲을 걸으며 행복해하는 사람들의 표정을 보면 선생의 꿈은 이루어진 듯합니다. 수목원만큼이나 여기에 얽힌 이야기도 아름다워서, 저는 귀한 선물을 받은 것 같습니다.

물놀이도 과거의 기억으로 남을까요?

무더위엔 집안에 칩거하는 것이 상책이라지만, 여름 휴가엔 역시 어디로든 떠나야 제맛이지요. 이번 휴가 때 저는 세 팀과 어울리느라 바다, 강, 계곡에 각기 다녀왔습니다. 정작 물가에서 놀지는 않고 주변을 산책하며 그곳의 가게 사장님들과 세상 돌아가는 이야기를 주로 나누었습니다. 다들 먹고살기의 팍팍함을 털어놓더군요. 근래 몇 년간은 휴가철에도 매상이 썩 좋지 않다면서요. 휴가철에 장사가 안 되는 이유를 조금 새롭게 분석하신 분도 있었습니다. 요즘 사람들은 대부분 도시에서 자랐기에 지방에 있는 계곡이나 강, 바닷가에 놀러가기보다는 도심의 물놀이 시설이나 수영장처럼 관리가 잘되고 위생적이라 생각하는 곳에 가길 좋아한다고요. 매출이 좋지 않은 데에는 불경기 탓도 있지만, 변화된 휴가철 풍속도 크게 영향을 미친다는 것이지요.

제 경우엔 물놀이를 그리 즐기지 않는 편이고 아이들이 어릴 때 종종 계곡이나 바다로 놀러간 적이 있기에 그 차이를 크게 실감하지는 못합니다만, 이제 성인이 된 아이들이 휴가를 즐기는 모습을 곰곰이 떠올리면 과연 '변하긴 변했구나' 느낍니다. 가게 사장님들의 걱정이 이해가 되었습니다. 이러다가 머지않아 휴가철의 물놀이마저 과거의 추억으로 남는 것은 아닌가 하는 생각이 퍼뜩 들었습니다.

그즈음 본 신문 기사가 있습니다. '700살 빙하의 죽음을 애도합니다. 아이슬란드 빙하 장례식'이라는 제목이었지요. 아이슬란드 수도 레이캬비크 북동쪽에 있는 오크 화산 정상 부근에서 아이슬란드 총리와 기후학자들이 모여 700살 된 빙하의 장례식을 치뤘다고 합니다. 사망 선고를 받은 빙하는 해발 1,198미터의 오크 화산 정상 일대를 700년간 넓게 덮고 있었는데, 지구온난화로 면적과 두께가 서서히 줄어서 2014년 빙하 연구자들로부터 공식적으로 죽었다는 판정을 받았다고 하네요. 기사와 함께 실린 최근 사진을 보니, 화산 정상에 있는 분화구에만 얼음이 조금 덮여 있었습니다. '미래로 보내는 편지'란 제목의 추모비가 빙하 앞에 세워졌는데, 자꾸 곱씹게 되는 내용입니다.

'오크는 아이슬란드에서 최초로 빙하의 지위를 잃었다. 앞으로 200년 안에 아이슬란드의 주요 빙하들이 같은 길을 걸을 것이다. 이 추모비는 지금 무슨 일이 일어나는지, 우리가 무엇을 해야 하는지 알고 있음을 알리기 위한 것이다.'

빙하 전문가들에 따르면 아이슬란드에서는 지난 5년간 약 400개의 빙하 중 소형 빙하 56개가 녹아내렸고, 지구온난화가 계속되면 남은 빙하들도 200년 내에 모두 사라질 것으로 전망하고 있습니다. 작년 여름 노르웨이 여행 중에 보았던 빙하는 어떨지 궁금해집니다. 수백, 수천 년에 걸쳐 만들어진 대자연의 산물이 사진이나 우리의 기억에만 남게 될까요? 문득 계곡이나 강, 해변에서의 물놀이도 빙하와 같은 길을 걷게 될까 싶습니다. 여름 더위가 여전하다지만, 그 아득함에 갑자기 서늘해집니다.

한여름 밤의 맹세

「한여름 밤의 꿈」이라는 셰익스피어 희극을 아시나요? 젊은 연인들의 사랑과 갈등이 초자연적인 힘을 통해 우여곡절 끝에 해결되는 그야말로 꿈같은 이야기입니다. 이 제목을 약간 비틀어 '한여름 밤의 맹세'라는 말을 만들어보았지요. 이는 누구의 힘도 빌리지 않고 혼자 어떤 일을 시작할 때 다짐하듯 쓰는 표현입니다.

제가 15년째 해오는 일이 있습니다. 집 근처 종합병원에서 매년 한 차례씩 받는 종합검진입니다. 몇 년 전부터 의사 선생님은 검진 결과를 설명하며 이렇게 당부하지요. "이제 근육이 빠지기 시작하는 나이니까 꼭 근력 운동을 하십시오."

운동보다 더 급한 일이 있다는 핑계로, 또 아직은 여유가 있는 나이라는 이유로 선생님의 충고를 귀담아듣지 않았습니다. 그런데 올여름, 덜컥 허리가 아픈 겁니다.

부랴부랴 병원을 찾았더니 허리 디스크라는 진단을 받았습니다. 수술 외에는 완전히 치료할 방법이 없는데, 아직은 수

술할 단계까진 아니니 대신에 근력 운동을 하라네요. 빨간불이 켜져서야 저는 헬스장을 찾았습니다. 그동안 가족들에게 "건강이 최고"라며 잔소리를 늘어놓았는데…. 여간 민망한 일이 아닙니다.

'고통으로 땀을 빚었는가? 그 몸이 아름답다', '변명은 칼로리를 태우지 않는다.' 헬스장 벽에 붙어 있는 문구들입니다. 아파본 적 없다면 그냥 넘겼을 텐데, 요즘엔 '더 미루지 말고 지금 당장 운동하라'는 충고로 읽으며 하루도 빠지지 않겠다고 맹세합니다.

며칠 전엔 이런 일도 겪었습니다. 아파트 안내판에 인근 보건소에서 60세 이상은 무료로 치매 검사를 해준다는 내용의 공고가 붙어 있었습니다. 한번 검사해볼 요량으로 그걸 스마트폰으로 찍어 사진으로 남겼지요. 그런데 집에 와 스마트폰 사진첩을 살피다가 그만 "아이고!" 하고 말았습니다. 바로 얼마 전에 똑같은 사진을 찍어두었더라고요. 기가 막혀서 헛웃음이 났지만, 이 역시 '빨간불'처럼 느껴져 정신이 바짝 들었지요. 육체의 근력뿐만 아니라 '정신 근력'을 키우는 일도 무시할 수 없음을 절실하게 느꼈습니다. 치매 예방엔 독서가 제일 좋다는데, 짧은 글줄이라도 매일 읽겠노라 맹세했습니다. '한여름 밤의 맹세'가 '한여름 밤의 꿈'으로 전락하지 않기를 다짐해봅니다.

소록도 천사가 건네는 말

전남 소록도에 위치한 국립소록도병원 개원 100주년 기념식 자리에 특별한 손님 한 분이 함께했습니다. 한센병 환자들을 위해 이곳에서 헌신한 오스트리아의 마리안느 수녀입니다. 2005년에 소록도를 떠나고 11년 만이었습니다.

그분은 20대 후반이던 1962년, 멀리 한국의 소록도에 간호사가 필요하다는 소식을 듣고 오스트리아 간호대학의 친구인 마가렛 수녀와 함께 소록도에 왔습니다. 당시 많은 사람들이 한센병에 대해 잘못된 인식을 갖고 있었습니다. 의료진들조차 한센인들과 접촉하는 것을 꺼려했고, '문둥병'이라 낮잡아 부르기도 했습니다. 그러나 타국에서 온 두 수녀들은 장갑하나 끼지 않은 채 한센인들에게 먼저 손을 내밀었고 아픈 마음까지 어루만졌습니다. 그 세월이 40여 년이었습니다. 이분들을 취재하려는 기자들이 많았지만 그때마다 두 수녀는 "우리들이 한 것은 아주 사소한 일"이라며 외부로 알려지는 것을 꺼렸지요.

지난 2005년, 마리안느와 마가렛 수녀는 조용히 소록도 생활을 정리하고 고향으로 돌아갔습니다. "언제까지 일할 수 있는 건강이 허락될지 몰라서 고향으로 떠나기로 결정했습니다"라는 편지 한 장만 남겨둔 채로요. 그분들답지요? 현재 마가렛 수녀는 알츠하이머병을 앓고 있어 요양원에 머물고 있습니다. 그래서 마리안느 수녀만이 11년 만에 소록도를 방문할 수 있었던 것입니다. 그분은 인생 처음이자 마지막인 공식 기자 회견 자리에서 "소록도에서 지낸 시절이 하늘만큼 행복했었다"고 회고하기도 했습니다.

기념식에 앞서, 마리안느 수녀는 소록도성당 미사에 참석했는데, 뒷자리에 조용히 앉아 있어서 미사가 끝날 때쯤에야 참석자들이 그분을 알아보았다고 하네요. 몇몇 사람들은 탄성을 지르고 눈물까지 보였습니다. 가슴이 뻐근해지는 순간이었겠지요. 최근 수녀들의 일생을 영화나 책에 담으려는 움직임이 일면서 사람들이 차츰 '소록도 천사들'을 알아가고 있습니다. 이제라도 두 분의 이야기가 알려지게 되어 다행이라는 생각이 듭니다.

우리가 평생을 살며 선의의 대가를 당대에 마주하는 일이 얼마나 드물고 귀한지 모르겠습니다. 이러한 희망의 이야기가 선순환을 만들어 좀 더 나은 세상이 오리라 믿습니다. 소시민인 제가 할 일은 '살아 있는 천사'들에게 감사하며 늘 잊지 않고 그들의 삶을 닮아보려는 것입니다. 그들처럼 세상의 횃불이 되기는 어려워도 자그마한 희망의 불씨를 꺼뜨리지는 말아야겠다고 다짐합니다. 그러려면 바로 지금, 제 주변부터 돌아 보는 일이 가장 먼저가 되어야겠지요.[2016]

진즉 알았으면 좋았을 것을

지난 주말, 지인으로부터 점심 식사 초대를 받았습니다. 소식을 하고 있다고 말씀드렸으나, 시골 인심으로 정성껏 대접하는 그분을 막을 수 없었습니다. 제 기준의 정량을 초과할 만큼 먹고 또 먹어도 음식이 줄지가 않아서 '더는 무리다!' 싶어 고민 끝에 남겼지요. 집에 돌아와서도 여전히 배가 꺼질 줄 몰랐는데, 한편으로는 지인에게 실례를 한 것 같아서 마음이 불편했습니다.

소식을 해야 하는 체질이라는 것을 안 지는 얼마 되지 않았습니다. 20여 년 가까이 종합 검진을 받아왔는데, 줄곧 문제가 없다가 몇 년 전에 "태생적으로 위가 작아서 과식하시면 바로 무리가 옵니다. 근데 폐활량은 아주 뛰어나시네요"라는 이야기를 듣고 왔지요. 뜻밖의 진단에 어이가 없었습니다. 이따금 소화가 잘 안될 때가 있었는데 그게 단순히 나이 들어서, 혹은 제가 과식을 해서가 아니라 선천적인 몸의 구조 때문이었다니요. 그리고 폐활량이 좋다니…. 이걸 진즉에 알았더라면, 어릴 적 꿈꾸던 마라토너의 꿈을 펼칠 수도 있었을 텐데 하는 억울한 생각도 들었습니다.

최근에 이발소에서는 이런 일도 있었습니다. 이발사분에게 옆머리를 짧게 쳐 달라고 요청드렸습니다. 그러자 이발사분 왈 "그러잖아도 얼굴이 긴데, 옆머리를 짧게 올리면 얼굴이 더 길어 보입니다." 저는 그가 하자는 대로 잠자코 따르기로 했습니다. '옆머리가 금방 자라면 또 지저분해 보일 텐데…' 마음속으로 구시렁거리면서요. 하지만 머리를 다 자르고 나니 '역시 전문가 말을 따르기 잘했다' 싶었습니다.

가끔 가는 양복점에서도 마찬가지입니다. 양복점 주인분이 품과 팔다리 길이 등을 재면서 "선생님은 팔다리가 짧으니 최대한 길어 보이게 해드릴게요"라 합니다. 이 말을 듣고 잠깐 언짢아집니다. 신체적 비율이 월등하게 좋다고 생각한 적은 없었지만 그렇다고 제 팔이나 다리가 짧은 편이라고 느껴본 적도 없기 때문이지요. 그래도 전문가 의견이니 한번 믿어보기로 합니다. 자기에 대해서 잘 모른다거나 자신 없다면 눈 딱 감고 다른 사람의 조언을 따르는 게 결과적으로 현명한 일이라는 걸 알고 있기 때문이지요.

요즘 아들이 취업 준비를 하고 있습니다. 부쩍 수척해진 얼굴로 자기소개서를 쓰며 자신의 역량이나 장점을 찾는 일이 어렵다고 하네요. 고작 스물 몇 살을 살아온 아이가, 여태껏 스스로를 진지하게 생각하는 시간이 얼마나 자주 있었을까 싶습니다. 그런 아들에게 인생을 먼저 산 선배로서 진즉 알면 좋을 것들을 알려주고 싶습니다만, 이 나이 되어서도 자신에 대해 알아가며 '진즉 알았으면 좋았을 것을' 하고 있으니….
저의 역부족 탓일까요, 아님 그게 인생일까요?

후회하지 않을 삶

얼마 전 네팔에서 한국인 등반대가 조난을 당해 현지인 가이드를 포함한 아홉 명 전원이 목숨을 잃었습니다. 히말라야산맥의 구르자히말 등반 도중 강풍에 휩쓸려 당한 안타까운 사고입니다.

특히 등반대를 이끈 김창호 대장의 사연이 알려지면서 사람들의 가슴에 잔잔한 파문을 일으키고 있습니다. 그는 2013년 세계 최고봉인 에베레스트까지 오르며 한국인 최초로 히말라야 8,000미터급 14좌를 무산소로 등반했습니다. 세계 최초로 오른 산만 세 곳이고 8개의 새 루트를 개척하기도 했습니다. 그의 성취로 보건대 명예로운 현실에 안주해도 될 법했지만, 다시 산으로 돌아가는 도전을 택했습니다. 인공적인 산소 공급 없이 고봉(高峯)을 오르는 무산소 등정을 하는 이유에 대해 "신과 공정한 게임을 하고 싶다"고 대답한 바 있지요.

그는 평소에 이렇게 말하기도 했습니다. 등반대 전원이 무사히 등반을 마치고 집으로 돌아와야만 성공적인 등반이라고. 'From Home To Home'이 그의 등반 모토였던 것이지요. 하지만 이번 구르자히말 등반에서 그는 집에 돌아오지 못했습니다.

많은 사람들이 '가늘고 길게' 살라고 권하는 세상입니다. 오래오래 안정되게 사는 것이 대다수 사람들의 인생 목표가 되었지요. 각자의 마음속에 품고 있는 진심이 무엇이든 말입니다. 이런 시대에, 김창호 대장이 다시 등산 가방을 둘러메고 히말라야산맥으로 떠난 이유는 무엇이었을까요? 세상의 권유와 다르게, 오히려 후회하지 않을 삶을 꾸리고 싶었던 게 아닐까 싶습니다. 훗날 눈감을 때 스스로에게 부끄럽지 않은 그런 삶을 살려고요. 진정한 산 사나이에게 크게 빚진 마음입니다.

가을비 소식이 들립니다. 가을비가 오면 계절이 더 깊어지고, 사람은 더 그리워진다고 합니다. 가을비가 되도록 천천히 내려서 사람이 그리워지는 가을밤도 더디 오길 바랍니다. 김창호 대장의 세 살배기 딸이 아빠를 그리워한다고 하여 더해 본 생각이었습니다.[2018]

계절에 맞는 차림새

지방에 갈 일 있을 때마다 국도 변을 지납니다. 11월 초순, 나무들은 어느덧 잎을 많이 떨구고 빈 가지로 서서 겨울 채비를 하고 있습니다. 그러나 지방에 비해 기온이 높은 서울의 가로수엔 푸른 기운이 남은 이파리들이 아직 버티고 있습니다. 계절의 변화에 순응할 줄 모르는 그 모습이 어쩐지 철모르게 느껴지기도 합니다. 나무들의 겨울나기 준비를 생각하다 보면 두 선배의 모습이 떠오르며 자연스레 비교가 됩니다.

한 선배! 제가 "지금 통화하실 수 있나요?"로 시작하는 안부 전화를 드리면 수화기 너머 저쪽에서 으레 나오는 대답.

"하루 종일 전화 오는 일도 없는데. 그런 인사치레는 할 것 없고, 용건은?"

이렇게 선배는 본론으로 직행합니다. 한두 번 이러는 게 아니어서 이젠 저도 적응할 때가 되었지만, 왠지 퉁명스러운 그 말투에 저도 마냥 좋지만은 않습니다. 언젠가 그가 "아침이 되면 여러 번 몸을 뒤척인 후에나 일어나는 나이가 되었다"며

불평하던 모습이 스쳐 지나가면서요.

또 다른 선배! 중년 초입에 대머리가 된 분입니다. 후배들은 그의 머리를 언급하는 것 자체를 조심스러워하지요. 그런데 오히려 선배는 이렇게 말합니다. "겨울에 추운 것 빼고 다 좋아. 여름에 시원하고, 세수할 때 머리까지 단번에 씻을 수 있으니 시간도 절약되고…." 그런 태도에 주변 사람들 마음도 편합니다.

한 번은 이런 적도 있습니다. 휴가가 끝난 뒤 첫 출근 날 대머리인 후배 하나가 가발을 쓰고 나타났지요. 그걸 보고 선배가 말했습니다. "어, 이 친구! 한여름에 모자까지 써서 덥겠는걸? 배신자는 그런 벌쯤은 받아야지!" 가발을 개시한(?) 후배를 포함해 좌중이 뒤집어졌습니다. 계절의 변화에 따라 차림새를 바꾸는 나무처럼 세월의 흐름을 자연스럽게 받아들이고, 변화에 너그러워지며 나이 들고 싶습니다.

'새가 머리 위로 날아가는 것을 막을 수는 없지만, 머리 위에 새집을 짓는 것은 막을 수 있다'는 말이 있지요. 나이 먹는 것도, 세월 가는 것도 이와 같지 않을까요.

겨울이 오는 산에서 배운 것

조경업에 종사하는 친구와 강원도에 위치한 돌산을 트레킹했습니다. 수목을 다루는 친구라서 숲에 사는 것들에 박사급 내공이 쌓였지요. 이 친구와 함께 산에 가면 새롭게 알아 오는 게 많아 참 즐겁습니다.

산에 오르며 본 나무에 작은 구멍이 위아래로 여러 개 뚫려 있어 의아했습니다. 친구가 '딱따구리의 작품'이라고 알려 주었지요. 무슨 말인가 하니, 딱따구리는 부리로 나무를 쪼아 구멍을 몇 개 파놓은 후에 아랫구멍을 두드려 애벌레가 위로 올라오게 한 다음에 윗구멍에 긴 혀를 넣어 잡아먹는다고 하더군요. 먹고살기 위해 나무를 쪼아댄 딱따구리의 흔적인 것이지요.

앙상한 모습의 나무들 사이로 빨갛게 물이 든 나무가 있었습니다. 그 모습이 인상 깊어 "저 나무는 무엇이냐?" 묻기도 했습니다. 친구 왈, '복자기나무'라네요. 나무 이름의 유래에는 의견이 분분한데, 복인(服人)을 낮잡아 이르는 말인 '복재기'

에서 온 이름이라는 주장이 있다고 합니다.

복재기는 상갓집에서 1년이 안 되게 상복을 입는 사람, 즉 주(主)가 되는 상제(喪制) 외에 제례에 참여하는 사람을 말합니다. '상제보다 복재기가 더 설워한다'는 속담도 있지요. 이는 직접 일을 당한 사람보다도 오히려 주변 사람이 더 걱정하고 있음을 이르는 말입니다. 가을이 되면 단풍나무보다 더 아름답게 물드는 나무를, 상제보다 서러워하는 복재기에 빗대어 이름 붙였다는 것이지요.

이름에 얽힌 이야기도 재미있었지만, 새순을 보호하기 위해 겨울에도 잎이 붙어서 난다는 점이 기특해 보였습니다. 봄에 새순이 올라오면 그전에 난 잎은 밀려 떨어진다고 하네요.

참나무 사이에서 저도 살고자 애쓰는 소나무 이야기가 주는 감동은 또 어떻고요. 빽빽한 참나무들 틈에서 자란 특이한 모습의 소나무 한 그루. 햇빛을 조금이라도 더 받기 위해 볕이 내리쬐는 곳을 따라서 가지를 옆으로 뻗어가며 자란 나무의 모습이 놀랍고 장하게 느껴졌습니다. 참나무가 낙엽을 떨구는 겨울이 오니, 이제는 소나무도 햇빛을 더 누릴 수 있게 될 것입니다. 드디어 제 세상이 온 것이지요.

저와 친구 둘만의 적막강산을 거닐고 있다고 생각했는데, 고요한 가운데 온갖 아우성이 들리는 듯했습니다. 저마다 치열하게 살아가는 자연이 마치 우리네 인생 같다고도 느꼈고요. 겨울이 오는 산에서 또 이렇게 많은 것을 배워갑니다.

복권은 사셨나요?

친구가 당구를 열심히 배우고 있습니다. 내년 이맘때쯤엔 200점 치는 게 목표라며 처음 당구 배우는 젊은이처럼 의지가 대단합니다. 아는 분도 계시겠지만 당구는 숫자가 높을수록 잘하는 것입니다. 초보자가 30~50점 수준이니 200점이면 웬만큼 치는 축에 속하는 거지요. 당구 시작한 지 십수 년째 100점대인 저를 앞지르겠다는 이야기도 됩니다. 괜히 친구를 놀리고 싶어, "재미로 치는 당구에 왜 그리 전투적으로 목숨을 거누?" 물었지요. 말은 그렇게 했습니다만, 당구 배우는 재미에 푹 빠진 그의 모습이 제게도 자극이 되었지요.

무언가에 열중하거나 새로운 것을 알아가는 재미를 느낀 적이 언제였는지 까마득합니다. 틈틈이 운동하려고 집안에 마련한 실내자전거며 인버전테이블(일명 '거꾸리'라고 불리는 운동기구지요) 등 운동기구는 언제부터인가 빨래 건조대로 사용하고 있고요. 악기를 하나쯤 다루면 멋져 보일 것 같아서 우쿨렐레, 디지털 피아노, 하모니카, 오카리나도 사두었지만 구석에서 먼지만 뒤집어쓰고 있습니다. 다시 외국어 공부 시작하려고 산 중국어, 영어, 일본어 교본도 장식용이 되어갑니다.

교회에 갔다가 재미난 이야기를 들었네요. 목사님 설교 시간에 들은 우스갯소리입니다. 한 교인이 복권 1등에 당첨되게 해 달라고 간절하게 기도했답니다. 이를 가만히 듣고 계시던 하나님이 그에게 하신 말씀. "복권은 샀느냐?"

복권도 사지 않고 1등 당첨을 바라는 그 교인처럼 저도 그저 건강, 멋진 연주 실력, 능숙한 외국어 실력이 뚝 떨어지기만을 기대한 거였습니다.

연말이 되면 회사에서 새해 승진 및 인사 명단을 발표합니다. 신년에도 일할 임원 명단에 포함되지 못한 사람들은 집으로 돌아가야 합니다. 새로운 회사에 들어가기도 어려운 나이, '이때를 대비해 미리부터 좀 더 준비해둘걸', '남들이 박수칠 때 떠날걸' 하는 마음으로 물러나지요. 청춘을 바친 일터에서 쓸쓸하게 물러나는 모습은 그리 우아해 보이지 않습니다.

언제 어떻게 될지 모르는 인생입니다. 이제부터라도 마음을 다잡고 무언가 배우는 일에, 즐기는 일에 빠져보아야겠습니다. 학창 시절 배운 것들로 지금까지 살아왔으니 인생 전환점에 선 지금부터는 새롭게 익히고 배운 것들로 남은 인생을 살아내야 하니까요.

어른들의 말이 바람에 날리고 있습니다

편한 친구들과 저녁 식사 자리를 길게 마련했습니다. 명목은 지난 명절 연휴 내내 다물었던 입을 풀어보자는 것. 무슨 말이냐고요? 요즘 시대 명절에는 제 나이쯤 되는 남자들은 입을 닫아야 환영받는 분위기이니 비슷한 처지들끼리 만나 서로 위로(?)를 주고받자는 거였지요.

식당에 우리만 남아 눈치를 받고 나설 때까지 줄곧 이야기를 나눴습니다. 사는 이야기, 정치 동향, 퇴계에 이르기까지…. 세상에 대한 걱정이나 우리 뜻대로 되지 않는 현실에 대한 투덜거림이 가장 큰 비중을 차지했지요.

한 친구가 혹시 '잔소리 메뉴판'을 알고 있냐고 묻더군요. 잔소리 메뉴판이란 명절 때 만나는 어른들의 잔소리에 질린 젊은이들이 만든 것인데, 잔소리 종류에 따라 벌금 가격을 책정해 적어두었다고 합니다. '명절에 잔소리를 하려면 돈 먼저 내라'는 의미를 담고 있답니다.

예를 들면 '모의고사는 몇 등급이니?' 또는 '어떤 대학에 지원할 거니?' 같은 질문은 5만 원, '애인은 있니?' 또는 '살 좀 빼라'는 10만 원, '졸업은 언제 하니?' 또는 '아직도 취업 준비 중이니?' 같은 질문은 15만 원입니다. '나이가 몇인데 이제 결혼해야지'는 30만 원까지 올라갑니다. 그렇다면 가장 비싼 메뉴는 무엇일까요? 아이가 없는 부부에게 '아기 가질 때 되지 않았니?'라고 했을 때 무려 50만 원이랍니다.

실은 저도 이번 명절에 50만 원 벌금형에 처할 뻔했습니다. 명절이라 친정집을 찾은 딸아이 내외에게 출산 계획을 물으려다가 아내가 제 손을 지그시 잡는 바람에 말하려던 걸 참았지요. 객쩍게 건강 이야기로 대신했답니다. 곰곰이 생각해보면, 잔소리에 질린 젊은이들도 이해가 가고, 거의 지뢰밭 건너는 수준으로 말조심해야 하는 어른들 처지도 딱해 자못 씁쓸해집니다.

그래서일까요? 친구들과 헤어지고 돌아오는 귀갓길이 무척이나 공허했습니다. 그날 잠자리에 들면서 친구들과 나눈 이야기 중 하나였던 퇴계 선생과 그의 경(敬) 사상이 자꾸 생각났습니다. 퇴계는 스스로 그릇됨이 없어야 한다며 끊임없이 자신을 경책한 대단한 어른이었습니다. 어른 되기가 참 쉽지 않습니다. 다음에 친구들 만나 입을 풀 때는 스스로를 좀 더 살펴봐야겠습니다.

멀리 보는 일을 계속하려고요

대관령에 다녀왔습니다. 친구에게 올겨울 아이젠 한 번 써보지 못했다고 툴툴거렸더니, 선뜻 "눈길 한번 밟자"고 해서 나서게 되었습니다.

하고많은 곳 중 왜 대관령이었냐고요? 대관령이 고향인 소설가 이순원이 한 말이 기억나서였습니다. 언젠가 '작가와의 대화'에서 소설가를 뵙고 온 적이 있는데, 그때 그가 대관령을 이렇게 묘사하더라고요.

"겨울이면 눈을 뜰 수 없는 눈보라와 처마까지 닿는 눈과 해가 지면 낮보다 하얀 밤이 되는 순백의 공간!"

막상 대관령에 도착했을 땐 날씨가 풀려서인지 눈이 별로 쌓여 있지 않았습니다만, 그래도 응달에는 남아 있어 아이젠을 요긴하게 사용했습니다. 한겨울에 비해 한결 온화해진 날씨에 능선을 휘적휘적 걸으며 상쾌함을 맛보았습니다. 대관령 북쪽 선자령 정상에 서니, 그야말로 일망무제(一望無際)라는 말이 떠올랐습니다. 아득하게 펼쳐진 산봉우리와 저 멀리로는 동해바다까지 내려다보였는데, 산 아래에서는 상상도 못할 풍경이었지요. 회색빛 빌딩숲으로 둘러싸인 도심에서는 꿈도 못 꿀 절경이기도 했고요. 가슴속까지 뻥 뚫리는 듯했습니다. 이렇게 산 위에 올라 먼 곳을 조망하듯 남은 인생을 살고 싶어졌습니다. 코앞에 닥친 일에 연연하기보다는 멀리까지 내다보며 유유자적 살아가고 싶어졌습니다.

와병 중에도 찾아뵈면 늘 따뜻한 말씀을 건네는 저의 인생 스승, 이어령 박사께서는 이런 말씀을 남기셨습니다.

"늙은이는 쓰러진 자리가 무덤이 되지만, 젊은이들에게는 넘어진 자리가 바로 성공의 출발점이다."

비록 물리적으로는 '늙은이'에 가까운 나이라고 할 수 있겠지만, 이어령 박사의 말씀은 제게도 경계가 됩니다. 멀리 앞을 내다보는 경지에 다다를 때까지 가끔 높은 데라도 올라 멀리 보는 일을 계속하려고요!

제2의 인생 준비를 생각합니다

신년 인사 발령이 난 지 얼마 되지 않아서 사무실 여기저기에서 승진 축하를 기념하는 난 화분을 자주 봅니다. 반면에 임원으로 있다가 하루아침에 집으로 간 분들도 여럿 있습니다. 이 중에는 본인의 정년을 어느 정도 짐작한 분도 있지만, 전혀 예상하지 못하고 있다가 크게 충격을 받는 분들도 있습니다. '100세 시대'라는 말이 낯설지 않은 요즘이지만, 회사를 다니는 동안 퇴직 이후의 삶을 계획하고 철저하게 대비한 사람들이 몇 안 되는 까닭일 것입니다.

이런 철이면 오래전에 접한 이야기가 생각납니다. 한 대학 교수님이 60대 중반에 정년퇴임하고 여생은 책이나 읽으며 삶을 마치겠다고 뒷방에 들어앉으셨답니다. 그런데 무려 구순까지 사셨습니다. 이에 제자들이 강권하여 마련한 구순 축하 자리에서 그분은 축하받을 일이 아니라며 진심으로 멋쩍어하셨다고 합니다.

교수님은 제자들에게 이렇게 말씀하셨답니다. 자신이 이렇게 오래 살 줄 알았으면 몇 번이라도 직업을 바꾸었을 텐데 그걸 못한 점이 후회된다는 것, 과거에 무슨 일을 했는지가 중요한 게 아니고 지금 하는 일이 중요하다는 것, 젊은 그대들은 미리 준비해서 늙어 후회할 일을 줄이라는 것. 한참 전의 일인데, 지금도 불쑥 그분의 말씀이 떠올라 메아리처럼 남을 때가 있습니다.

신문에서 '말러광'인 지휘자 길버트 캐플런의 별세 소식을 접했습니다. 그는 원래 금융 관련 일에 종사하다가 연주회에서 말러 교향곡 제2번 〈부활〉을 듣고 '필이 꽂혀' 일생에 딱 한 번이라도 〈부활〉을 지휘해보겠노라 마음먹고는 하루에 일곱 시간씩 음악 공부에 몰두했답니다. 결국 세계가 인정하는 말러 전문가가 되었습니다. 금융 전문가가 말러 전문가로 제2의 인생을 살게 되리라고 누가 알았을까요?

이번 주말에는 퇴직 후 도보여행가로 변신한 친구와 산행을 갑니다. 그에게 제2의 인생은 어떤지 묻고 싶은 게 많습니다.[2016]

5

내 인생, 아직도
제철입니다

병풍 역할에 익숙한가요?

연초라 신년 모임이 여럿 있었습니다. 기꺼운 마음으로 참여하는 모임도 있으나, "에이그, 올해도 또…" 하며 가기 전부터 심사가 편치 않은 행사도 있습니다. 대강당에 수백여 명이 넘게 모이는 행사 같은 것이지요.

"이번에는 간략한 식순으로 진행하여 짧은 시간 안에 끝내겠다"는 주최 측의 공언과 달리, 감사패 드릴 분도, '한 말씀' 올릴 분도, 소개할 분도 왜 그리 많은지…. 행사 내내 좀이 쑤시는 걸 참고 있다가 이따금 박수 쳐주고 만찬 시간이 돌아와 허겁지겁 식사하고 나면 밤 10시. 행사를 마치고 귀가하는 길엔 '다시는 오지 않으리라' 다짐하건만, 행사를 주최하는 동창이나 후배 등 지인들의 간곡한 부탁에 마지못해 또 오게 됩니다. 매년 그랬습니다.

앞에서 말씀드렸지요? 저희 집은 명절에 차례 대신 가족 친지들이 모여 기독교식으로 추도 예배를 갖습니다. 예배를 드린 후엔 가족 행사가 펼쳐집니다. 몇 년 전부터 제가 행사의 사회를 맡게 되었는데 저는 무조건 '짧고 재미있게' 진행하려고 고심합니다. 어린 조카들의 장기 자랑, 학업에 지친 청소년 조카들의 넋두리 한마당이 펼쳐지고 집안 어른들의 짤막한 덕담이 이어집니다. 저를 비롯한 엄마 아빠 세대는 행사에서 슬며시 뒤로 빠지고 어린 조카들과 집안 어른이 중심이 되도록 유도하는 것이지요. 스스로 '엑스트라'를 맡아도 언짢지 않습니다.

유명 예능 프로그램의 서브 진행자인 한 개그맨이 자신은 일인자가 될 가능성이 없으니 일찍이 주인공을 빛내는 '병풍' 역할을 하겠노라 다짐했다는 말을 들은 적이 있습니다. 그의 생존법(?)을 한 단어로 축약한 '병풍'이라는 말에 무릎을 탁 치고 말았지요.

가족 모임에서는 기꺼이 병풍을 자원했지만, 영 마음이 동하지 않는 행사에서는 병풍으로 있는 것이 왜 그리 어려운지…. 앞으로도 병풍 역할 맡을 때가 많겠지만, '영혼 없는 병풍 역할은 단호하게 사양하리라' 다짐합니다.

노란 병아리들의 계절

점심 먹고 오는 길에 초등학교 앞을 지났습니다. 막 입학식을 마친 초등학교 1학년들이 엄마, 아빠 손을 잡고 교문을 나서고 있더라고요. 한 손에는 노란 풍선 하나씩을 들고 폴짝폴짝 뛰며 즐거워하는 모습에 저도 덩달아 기분이 환해졌습니다. 같이 있던 일행 중 한 명이 혀를 끌끌 차며 "쯧쯧! 그리도 좋니? 노란 병아리들! 이제 너희도 고생길이 훤하다"고 했지요. 말투는 짓궂었습니다만, 사실은 고 '노란 병아리들'의 앞날을 기대하는 마음이 더 컸겠지요.

회사에서도 얼마 전 초등학교 입학식 비슷한 자리가 열렸습니다. 바로 신입 사원 환영회입니다. 환영회의 주인공은 지난해 말 입사해 몇 주간의 교육을 마치고 부서에 갓 배치된 신입 사원들입니다. 고참들의 덕담이 한 차례 있고서 지난해 초에 신입 사원들보다 먼저 입사한 한 신참이 이들의 선배로서 건배사를 제안했습니다.

"계란은 남이 깨면 프라이가 되지만, 스스로 깨면 노란 병아리가 됩니다. 그런 의미에서 여러분 모두 노란 병아리가 되길 바랍니다."

그가 선창으로 "남이 깨면" 했고 신입 사원들이 "프라이!" 하고 외쳤습니다. 이어 "내가 깨면" 선창하자 신입 사원들이 "노란 병아리!"라고 목청껏 외쳤지요. 다들 진지한 표정으로 열심히 잘해서 고참들은 박수를 치며 웃었습니다.

바야흐로 여기저기 노란 병아리들의 계절입니다. 병아리들이 앞으로 나아갈 세상을 살 만한 곳으로 알고 잘 적응하며 성장하길 소망해봅니다.

재미있게 살기의 첫걸음

퇴직 후에 두문불출하던 후배를 만났습니다. 현역 시절, 국내 유수의 대기업에 스카우트되어 동료들의 부러움을 산, 아주 유능한 후배입니다. 통 소식이 없어서 그보다 선배인 제가 몇 차례나 먼저 연락한 끝에 만난 터라 좀 미안해할 줄 알았는데, 후배는 아무렇지 않은 기색이더군요. 오히려 "선배를 빼고는 다른 재미없는 회사 선배들과는 일절 만나지 않았어요"라며 제게 시간을 내준 것을 은근히 생색내는 태도였지요.

후배는 쉬면서 훗날 무엇을 할지 모색하고 있다고 했습니다. 아직 구체적인 계획은 없는 듯했으나 두 눈을 반짝거리며 이렇게 말하더군요. "그동안 시간이 없어 못 했던 운동도 하고 동네 문화센터에서 열리는 강좌도 듣고 있어요."

현역 시절 '모범생 회사원'이던 후배는 숨을 고르며 앞으로의 인생을 맞이할 준비를 하고 있었습니다. 사실 후배의 퇴직은 누구도 예상하지 못했습니다. 갑작스러운 퇴사 소식에, 다른 사람들은 물론이고 당사자 또한 많이 놀랐을 것입니다. 이후 계속 그에게 마음이 쓰였는데 이렇게 직접 만나고 나니 앞으로는 걱정을 덜어도 되겠다 싶었지요.

"말처럼 먹고, 아기처럼 자고, 검투사처럼 훈련하고, 잡초처럼 자란다."

아시아 베스트 레스토랑 50선에 선정된 적 있는 '류니끄'의 류태환 셰프가 20대 시절을 버티게 한 문구랍니다. 후배를 만나고 돌아오는 길, 이 말이 떠오르더군요. 후배도 현역 시절에 누구보다 치열하게 일했습니다. 현업에서 물러난 지금, 그저 인생을 즐기면 되는 시기가 온 것이지요. 축복처럼 따를 인생의 재미만을 누리면 될 것입니다. '재미없는 선배는 사절'한 후배의 마음이 이해가 갑니다. 굳이 즐겁지 않은 사람을 만나서 심각한 이야기를 들을 이유가 없을 테니까요.

저도 슬슬 재미있게 살고 싶습니다. 인생 후반에는 마음이 동하는 일에만 열정을 쏟으며 홀가분하게 말입니다. 그러려면 무엇보다 진지함을 덜어내야겠는데, 쉽지가 않습니다. 오늘 아침에도 아내에게 진지한 모습을 보여주고 말았네요.

"여보, 가방이 왜 이리 무거워요?"

"가장의 무게가 무거워서 그렇지…."

모처럼 출근길을 배웅해주는 아내에게 이런 말을 해서 '이 양반이 또…' 하는 아내의 눈빛을 보고 만 것이지요.

"당신 사랑이 있는데 이쯤이야!" 다음엔 이렇게 말하렵니다.

짜장면 통일은 사절합니다

'베이비 붐 세대'라는 말 들어보셨지요? 우리나라의 경우 전후 세대, 특히 1955년부터 1963년 사이에 태어난 사람들을 일컫습니다. 당시 베이비 붐 세대는 매년 80만 명 가까이 태어났는데, 2018년 기준 출생아 수가 33만 명 정도라고 하니 엄청난 차이지요? 그래서인지 과거에는 학교, 회사는 물론 군대도 시험을 통해 갈 만큼 어디를 가나 사람들이 많았습니다.

세월이 흘러 베이비 붐 세대들이 은퇴 대열에 들어섰는데 경제적, 정서적 준비가 덜 되어 사회에서 겉돌고 있다는 우려의 말이 많습니다. 또한 이 세대가 모두 65세를 넘는 2028년 즈음에는 우리나라 인구 구조가 그야말로 '노인 천국'이 될 거라는 전망도 있고요. 베이비 붐 세대라고 할 수 있는 저도 친구들과 우스갯소리로 "우린 죽을 때도 순번 타야 되는 거 아니냐"고 합니다. 이만저만 걱정이 많은 것이 아니지요. 특히 숫자 뒤에 가려진 또 다른 문제를 생각합니다.

얼마 전에 카페에서 있었던 일입니다. 저와 동년배로 보이는 열댓 명의 사람들이 시끌벅적하게 들어왔습니다. 고교 선후배 모임인 듯했습니다. 그중에서 약간 젊어 보이는 사람이 주문을 받겠다며 이렇게 제안하더군요.

"선배님들, 사람도 많으니까 '짜장'과 '짬뽕'으로 통일해주시지요. 짜장은 아메리카노, 짬뽕은 아이스아메리카노인 것, 다들 아시지요?"

인원이 많아 주문받기 어려울 종업원을 도와주려는 마음이었을까요. 그런데 저는 그 모습을 보고 어쩐지 입맛이 썼습니다. 이런 제가 오지랖이 넓다고 할 수도 있겠지만, 젊은 시절 중국집에 가면 주문은 "무조건 짜장"으로 통일되거나 나이를 들어서는 제가 통일시키는데 앞장섰던(?) 모습이 떠올랐기 때문입니다.

우리 세대가 젊었을 때는 질문이나 말 많은 것이 금기시되었습니다. 개인의 의사나 요구 등은 무시되고, 암묵적 강요 아래 도매금으로 넘어갔던 일도 많았습니다. 매사 통일이나 효율이 미덕이고, 선이었지요. 겨우 식사 메뉴를 고르는 일에서조차 자기가 좋아하는 것을 택하기가 눈치 보였다고 할까요. 이런 경험은 나이 들어서도 계속 영향을 끼쳤지요.

멋지게 노후를 즐기는 지인을 알고 있습니다. 그는 70세에 은퇴하고서 그 어느 때보다 왕성하게 살고 있습니다. 20대 젊은이처럼 가죽 재킷을 입고, 빨간 스포츠카를 타고는 전국을 누비고 다니지요. 그분을 보며 '나도 은퇴 후에 내가 하고 싶은 것 하며 살아야지' 하는 바람을 품게 되었습니다. 지금까지는 사람들 시선을 의식하며 '모난 곳 없는 삶', '튀지 않는 삶'을 기준 삼아 살아온 것도 사실입니다. 이제라도 진짜 제 마음의 소리를 따르고픈 것이지요. 이제 정말 '짜장면 통일'은 사절하고 싶습니다.

꼭 맞는 자리

지방 출장이 있어서 2시간 정도를 운전해 남쪽 지방에 다녀왔습니다. 서울은 미세먼지가 한창이라서 출발할 때부터 사방이 자욱했는데, 남쪽 지방 역시 비슷한 수준이었지요. '우리나라가 좁은 게 아니라, 원체 하늘이 넓은 것 아닌가?' 싶었습니다.

20여 년 전 베이징 출장길. 베이징의 겨울은 스모그로 악명이 높은데, 당시엔 지금보다 훨씬 심했지요. 출장 일정 내내 잿빛 하늘을 보며 우울했던 기억이 납니다. 귀국행 비행기를 톈진 공항에서 탔는데, 그날은 어느 때보다 스모그가 심했습니다. 급기야 베이징에서 톈진으로 가는 고속도로가 폐쇄되어 국도를 타고 간신히 톈진 공항에 도착해 아슬아슬하게 비행기를 탔지요. 무사히 이륙하여 창 너머를 내다보니 마치 신세계처럼 쾌청한 세상이 펼쳐져 있었습니다. 구름 아래 세상과 딴판이었습니다. 과장을 보태면, 하늘 아래 저 풍진 세상에서 아웅다웅 살아가는 우리가 안됐다는 생각까지 들 정도였습니다. 스모그 속 세상이 전부가 아니라고 알게 된 건, 거기서 얼마간 떨어져서 볼 수 있었기 때문이겠지요.

조금 떨어져서 주변을 바라보기. 얼마 전 아내와 〈인턴〉이라는 영화를 보면서도 느낀 생각입니다. 정년퇴직한 70대 노인 '벤'이 30대 CEO '줄스'가 운영하는 회사에 인턴으로 입사하며 맞닥뜨린 잔잔한 사건을 그린 영화였습니다. 풍부한 인생 경험과 직장 생활의 노하우를 갖춘 인턴 벤이 나이 어린 직장 동료들의 멘토로서 자리하는 모습을 보는 과정이 재미있었지요.

인상 깊었던 점은 이 노신사의 태도였습니다. 젊은 사람들보다 많이 안다고 하여 모든 일에 나서기보다는 주변의 이야기를 먼저 귀담아듣고 누군가 도움을 요청할 때나 한마디 건네는 진중함을 보이더군요. 멀찍이 떨어져 바라보는 태도라고나 할까요. 오랜 연륜에서 비롯된 여유로움과 자신에게 '꼭 맞는 자리'를 지키려는 자세를 저도 생각하게 되었습니다.

얼마간 떨어져 보고 사는 것! 이 나이에 친해져야 할 태도인 듯합니다.

우리 집 주방을 닫습니다

식탁에서 신문을 읽는데, 옆에 있던 아내가 기사 하나를 톡톡 가리킵니다. 아내가 짚은 곳에 '주방을 닫습니다 … 키친 클로징'이라는 헤드라인이 보이더군요. 그 아래엔 '이제 요리는 끝! 주부들의 은퇴', '주방 대신하는 배달 음식', 이어서 '세끼 먹는 삼식이? 세끼 차리는 삼식이!' 같은 소제목 기사가 몇 개 붙어 있었습니다.

기사 내용은 대강 이랬습니다. 오랫동안 가사에 시달린 주부들이 가사 해방을 선언하면서 가정 내 식문화도 달라지고 있다는 것이었지요. 주방을 아예 없애거나 최소화하는 이른바 '키친 클로징(kitchen closing)'으로 반조리 식품의 판매량이나 배달 음식 애플리케이션의 이용량이 증가하고 있으며, 이런 변화 중 하나로 늘그막에 요리에 재미 붙인 남성들도 늘고 있다고 합니다. 확실히 예전의 가정 모습과는 다르더라고요.

우리 부부는 맞벌이로 아이 둘을 키우며 전투적으로 살았습니다. 직장 생활뿐만 아니라 육아, 살림 분담, 양가 어른 챙기기 등 많은 영역을 아내와 함께 돌봐야 했지요. 특히 삼시 세 끼를 거르지 않고 살뜰히 챙겨온 아내가 저보다 훨씬 고생했을 겁니다.

매 끼니 그저 '때우기'만 해도 큰일 나지 않는데, 그때는 왜 정식으로 한 끼를 차리려 했는지…. 아내를 위한답시고 무턱대고 "외식하면 그만이지" 했는데, 그처럼 무책임한 처사도 없었네요. 지금 같은 키친 클로징 현상이 좀 더 빨리 왔더라면 어땠을까 싶습니다. 이제라도 늦지 않았으니 우리 가정에 키친 클로징을 도입하면 어떨지 아내에게 물어봐야 할 것 같네요.

시시각각 빠르게 변하지만, 그에 따라 살기 편리해지는 시대임은 부정할 수 없을 듯합니다. 저희 아버지는 80대 중반이신데도 컴퓨터 편집 프로그램으로 글도 쓰고 인터넷 검색도 자유자재로 하십니다. 아버지는 65세에 정년퇴직하고, 그때 처음으로 컴퓨터를 접하셨는데, 늦은 나이에 컴퓨터를 배우시게 된 데에는 저와 친한 선배의 권유가 있었기 때문이지요.

"요즘 같은 시대에 컴퓨터를 다루지 못하면 앞으로 더 불편하실 거다. 그러니 네가 아들로서 아버지께 컴퓨터 한번 배우시도록 권해보면 어떻겠냐? 가만있으면 넌 큰 불효하는 거나 다름없다."

저는 불효자 되기 싫어 아버지께 컴퓨터를 배우실 것을 종용했습니다. 이번에는 고향에서 어머니와 단둘이 사시는 아버지께 주방의 변화를 알려드리고, 키친 클로징을 하시도록 권

해보려고 합니다. 세상의 변화에 또 한 번 올라타시라고 말이
지요.

그리 밑지는 인생은 아니었습니다

30여 년 넘게 근무한 회사 생활을 정리했습니다. 인생의 사건들이 그렇듯 갑작스러웠지요. 평상시 임원 신분을 '임시 직원'이라 자처하고 막연하게나마 언젠가 떠날 것이라고 생각했는데, 막상 닥치니 소용이 없었습니다.

반평생을 '회사 인간'으로 살아온 스스로에 대한 회한이 들었습니다. 또 남은 직원들에게 그동안의 고마움과 미안함을 어떻게 전하면 좋을지 몰라 추 하나 매단 듯 마음이 무거웠지요. 하지만 무엇보다도 이제 제가 돌아갈 유일한 곳, 우리 가족들이 저를 어떻게 대할지 걱정되었습니다. 보름여 전 퇴진 소식을 듣고서 가장 먼저 가족들에게 알렸음에도 불구하고요.

'오늘부로 마지막 퇴근길이라니.' 분명 매일 출퇴근을 해왔건만, 마지막 퇴근길엔 마치 30년 만의 귀가인 것처럼 묘한 기분이 들었습니다. 집에 도착하니 현관에서부터 아내가 저를 맞았습니다. 그러고는 거실로 이끌었지요.

'사랑합니다! 감사합니다!'라고 적힌 커다란 플래카드가 눈에 들어왔습니다. 큰 제목 아래엔 그보다 작은 글씨로 '아빠! 34년 동안 고생 많으셨습니다. 저희의 든든한 버팀목이 되어 주셔서 감사합니다! 사랑하는 가족 일동'이라고 써 있었습니다. 눈가가 뜨거워졌습니다. 다음엔 아들이 저를 식탁으로 이끌었습니다. 식탁 위에는 '아빠 새 출발 축하'라고 쓰인 케이크와 가족들이 준비한 카드가 놓여 있었고, 어디선가 아내가 우쿨렐레를 갖고 나와서 "앞으로 베짱이처럼 즐기며 살아요" 했습니다.

타국에 사는 딸 내외로부터 축하 전화도 받았습니다. 위로와 응원이 섞인 딸아이의 전화에 또 한 번 눈물이 그렁그렁 맺혔습니다. 딸 내외와 통화를 마치자 아내와 아들이 꽃다발을 한 아름 안겨주었습니다.

"어려울 때도 많았을 텐데 우리를 생각하며 버텨준 당신, 고마워요!"

아내가 고마운 말도 한 아름 안겨줘서 저 역시 환하게 웃으며 아내를 꼭 안아줬지요. 아들 녀석도 등 두드리며 안아주었습니다.

가족들의 축하에 울고 웃는 시간이 지나자 며칠 동안 자문했던 물음들이 다시금 떠올랐습니다. '그간 잃어버린 것은 무엇인가?', '내 인생 결산은 어떻게 되는가?' 거울에 비친 모습을 보니 머리숱이 많이 줄었고, 아들이 준 축하 카드의 글씨는 잘 보이지 않아서 미간을 찌푸린 채 봐야 했습니다.

그렇지만, 그럼에도 불구하고 그리 밑지는 인생은 아니었던

것 같습니다. 우리 가족의 가장일 수 있어서 말입니다. 가족
들의 응원과 믿음이 있다면 앞으로도 무슨 일이든 해낼 수 있
을 것 같습니다.

나이 먹을 때도 수고를 들여야 합니다

70대 중반 선배와 나눈 이야기가 며칠 동안 마음에 남아 있습니다. 선배는 일주일에 서너 번 기원에 나가는데, 별일 아닌 이유로 화를 내며 서로 다투는 노인들을 많이 봐 안타깝다고 합니다. 신선놀음하듯 즐겨야 할 바둑을 두면서 싸우는 사람들은 바둑 둘 자격이 없다고 열을 내기도 했지요.

그 직후에 소나무가 줄지어 선 길을 친구와 지날 일이 있었습니다. 친구가 불쑥 퀴즈를 냈지요.

"여기 있는 나무 중에 솔방울이 많이 달린 나무가 건강할까, 아니면 적게 달린 게 건강할까?"

"글쎄⋯ 솔방울을 많이 맺은 나무가 더 건강한 놈 아니냐?"

"땡! 솔방울이 적은 놈이 건강한 나무다. 스트레스를 많이 받는 나무일수록 언제 운명을 달리할지 모르니 얼른 자손을 퍼뜨려야겠다는 일념으로 저리 솔방울을 많이 맺게 된 게지."

친구의 설명을 듣고 보니 제법 일리가 있었습니다. 스트레스를 받는 나무와 달리, 건강한 나무는 당장이 아니더라도 언제든 기회가 있으니 그리 서두르지 않는다는 것이지요. 문득 바둑 둘 때 사소한 일에 화를 낸다는 노인분들이 떠올랐습니다. 건강하지 않아서 서둘러 솔방울을 맺는 나무처럼 그분들도 건강하지 못한 마음이라서 화를 참지 못하고 바로 분출하는 건 아닐까 하고요.

나이는 먹었지만, 세상과 관계를 맺는 데 서툰 사람들이 있지요. 그런 사람들은 대개 타인이 아니라 자신에게 초점을 맞춥니다. 나이만 먹는다고 다른 사람을 배려하는 법을, 공감하는 법을 저절로 익히게 되는 건 아닌 듯합니다. 나이 먹을 때도 수고를 들여야 비로소 '어른'이 될 수 있지 않을까요?

단호박을 좋아하나요?

혹시 '단호박'이라는 말 들어보셨나요? 채소가 아니라 '단호하다'의 어근 단호와 '단호박'의 발음이 같아서 만들어진 신조어입니다. 일종의 언어유희 같은 것이지요. 보통 조직 내에서 과단성 있게 자기 의견을 표현하는 사람을 두고 "저 사람 참 단호박이네!"라고 하지요.

아들이 회사에 입사했는데, 아들을 포함한 신입 사원들이 단체로 합숙 교육을 받다가 얼마 전 각자 소속사로 흩어졌다고 합니다. 소속사에 배치되면 거기서 또 한 번 공통 교육을 받은 후에 공장으로 갈 직원들은 그리로 가서 해당 업무 교육을 받고, 연구소로 가는 직원들은 또 그들끼리 교육을 받는다고 하더군요. 이 교육까지 끝나고서야 부서 배치가 완전히 이루어진 것이라고 했습니다. 단체의 일원 정도로 인식되다가 부서 배치 후에야 비로소 '신입 사원 ○○○'으로 불리는 것이지요. 교육생일 때와 달리 그때부터는 홀로서기를 해야 합니다. 이 과정이 마치 인간의 성장 과정 같았습니다. 아이가 여러 경험을 쌓으며 어엿한 어른으로 자라는 과정 말입니다.

아들의 홀로서기를 지켜보며 아버지로서 반신반의합니다. 생각과 입장이 각기 다른 사람들과 의견을 나눌 일이 많을 텐데. 신입 사원에게 신중을 가장하여 정치인같이 중립적인 말만 하라고 할 수도 없고, 단연코 '단호박'이 되라고 할 수도 없고…. 사실 회사 생활을 오래 하다 보면 단호박 같은 동료의 조언이 도움이 될 때가 많았지만 말입니다. 아버지인 제가 단호박 같은 구석이 있는 사람이니 제 아들도 크게 다르지는 않겠지요. 점점 단호박을 좋아하는 세상이 오기를 바랄 뿐입니다.

인생 귀향 준비 잘 하고 계십니까?

'생거진천 사후용인(生居鎭川 死後龍仁)'이라는 말이 있습니다. 명당을 따지는 분들 사이에서 '살아서는 충북 진천이, 죽어서는 경기 용인이 좋다'며 전해 내려오는 말입니다.

어느 귀성길이었습니다. 잔설이 여기저기 남아 있는 용인의 한 시골길을 한밤중에 지나는데, 곳곳에 '귀향을 환영합니다'라는 플래카드가 걸려 있는 겁니다. 그걸 보며 '사후 세계 명당이라는 용인에서 귀향을 환영하다니…' 하면서 실없이 웃었던 기억이 떠오르네요.

요즘에는 그런 유의 귀향(?) 준비는 거의 생각하지 않고 살았던 것 같습니다. 80대 중반인 부모님도 정정하게 생존해 계시니 제가 먼저 귀향할 것을 감히 생각지도 못하고요. 실제로 크게 불편한 곳 없이 제 몸도 잘 버텨주고 있으니 오히려 귀향 걱정보다는 길게 살 걱정을 하고 있는 판이지요.

최근에 아주 인상적인 제목의 글을 보았습니다. 「나는 120살까지 살기로 했다」.

글쓴이는 100세까지 살기를 목표하고 있는데, 인간의 기대 수명이 점점 높아지는 추세로 볼 때, 목표 나이를 100세가 아니라 120세까지 늘려야 할 것 같다는 이야기였습니다. 그 이유를 이렇게 덧붙이더군요. 만약 100세까지 살겠노라 목표했는데, 그걸 훌쩍 넘어 마음의 준비 없이 120세까지 살게 된다면, 마치 마라톤 참가자가 결승선 근처에 다 와서 경기를 마치려는 순간, 자신이 뛰던 종목이 갑자기 하프 마라톤에서 풀마라톤으로 바뀌었다는 소식을 듣는 것만큼 황당하지 않겠냐고 하더군요. 그러니 아예 120세까지 살 준비를 하겠다는 겁니다.

우리네 삶이 다 계획한 대로 흘러가는 것은 아니니 그분도 '120세까지 살기' 목표를 이루지 못할지도 모릅니다. 그러나 빨리 세상을 떠나리라는 걱정보다 오래 살 걱정을 더 많이 하는 이 시대, 분명한 점은 평생 한 가지 일만 하다가 생을 마칠 수 없으리라는 것입니다. 그러니 인생 귀향하기 전까진 제2, 제3의 일을 할 수 있도록 계속 움직여야 할 듯합니다.

그래도 계속 공부하셔야지요

얼마 전 책 읽기를 즐기는 선배와 점심을 오랫동안 나눴습니다. 선배는 요즘 책을 읽고서 감상이나 느낀 바를 주위에 전할 사람이 없어 독서의 재미가 많이 줄었다고 아쉬워했습니다. 푸념 섞인 말에, 애잔한 마음이 들어서 도무지 자리를 뜰 수 없었습니다. 저도 어쭙잖게 공감되어 그랬나 봅니다. 그러다 접한 말이 있습니다.

'때로 지혜는 그것이 더 이상 소용이 없는 순간에 찾아온다. 시간이 흐르며 나는 현명해지기 위해서는 어리석은 시간을 보내야만 한다는 사실을 받아들이게 되었다.'

경영학과 심리학의 대가 맨프레드 케츠 드 브리스가 남긴 말입니다. 여러분도 공감하시나요? 저는 지혜로운 삶을 살기 위해서는 평생이 필요하다는 말과 다르지 않아 보였습니다. 지혜롭게 나이 들려고 독서를 하고 사색을 하는 등 다양한 경험을 하는 것이지요. 중요한 점은 이 모두가 남이 아니라 바로 '나'의 성장을 위해서여야 한다는 것입니다.

어떤 책에서 아무리 좋은 깨달음을 얻었다고 해도 그 내용이 모든 사람에게 교훈이 되진 않습니다. 또 자기 생각이 옳은 듯해도 다른 사람들에게도 그걸 따르라며 충고할 수도 없고요. 나이 들어 자기 생각을 남에게 충고하듯 말하는 사람들이 있지요. 소위 '꼰대'라고 합니다. 자기만의 신념이나 주관을 갖고 사는 어른은 본보기가 되지만 자기 생각을 남에게 강요하는 어른은 꼴불견입니다.

앞에서 '100세 교수님' 김형석 교수 이야기를 한 적이 있지요? 그분이 100세를 맞는 새해의 목표로 '제2의 98세로 살기'라고 말씀하셨답니다. 98세 때는 보청기나 지팡이에 의지하지 않던 시기였고, 몇 가지 개인적인 성취를 이룬 때이기에 100세 또한 이때와 같은 기분으로 살아갈 수 있다면 좋겠다고 하셨습니다. '더 늙지 말자. 98세로 돌아가자.' 이처럼 단출한 100세 소망에 숙연함마저 들었습니다.

스스로가 볼 때 괜찮은 사람이 되기 위해 흔들리면서 상처받고라도 계속 배우고, 걸어가야겠습니다. 다음에 선배를 만나면 "그래도 계속 공부하셔야죠" 하고 손잡아드려야겠습니다.

도로(徒勞)란 말이 생각났습니다

미국 캘리포니아에 위치한 한 천문대 연구소에서는 수십 대의 망원경으로 우주 공간을 빈틈없이 훑으며 외계에 존재할지도 모를 지적 생명체를 찾는 작업을 하고 있답니다. 수십 년째 진행되고 있는데, 아직 이렇다 할 성과는 없습니다. 그러나 연구소의 과학자들은 지구 외에도 지적 생명체가 존재할 것이라는 믿음을 품고 있습니다. 우주에 1,000억 개가 넘는 별이 있는데, 오직 지구에만 지적 생명체가 존재한다는 것이 과연 합리적인 생각인지 의문을 제기하면서요.

기업가들의 후원도 끊이지 않아서 망원경의 성능은 점점 좋아지고, 망원경이 수집한 정보를 분석하는 컴퓨터의 연산 속도도 더욱 빨라졌으며 여기에 인공지능기술까지 결합되었다고 합니다. 이런 여건에 힘입어 연구소 과학자들은 외계인 발견이 머지않았다고 확신에 차 있습니다. 여러분은 이러한 시도에 어떤 생각이 드시나요?

저는 '도로(徒勞)'라는 단어가 떠올랐습니다. '헛되이 수고함'

이라는 뜻을 지닌 단어로, 저는 이 말을 중학교 시절 물상 수업 시간에 처음 들었습니다. 물상 선생님은 딴짓하거나 조는 친구들의 이마를 쥐어박으며 "이 도로 인생인 놈들아!" 외치시곤 했습니다. 어떤 인생이 '실용(實用) 인생'이고, 또 어떤 인생이 '도로 인생'일까요?

여러분에게도 어린아이를 돌보다가 지친 기억들이 있지 않을까 싶습니다. 아이들이 여러 번 읽었던 책을 다시 읽어 달라거나 같은 놀이를 반복적으로 해 달라고 떼를 쓸 때 특히 그렇지요. 어른 입장에서 보면 그런 요구가 너무 비효율적이고 지루하게 느껴집니다. 이런 식으로 따지고 보면 자식 사랑은 대표적으로 비효율적인 일 아닌가도 싶습니다. 대가 없이 쏟아붓는 사랑이니 말이지요. 그럼에도 예로부터 부모는 자식에게 도로의 수고를 해왔고, 하고 있습니다.

최근에 부쩍 허리가 아파서 헬스센터에 다닙니다. 트레이너에게 근력 운동을 집중적으로 배우는데, 그분이 말하기를 "평소에 쓰지 않거나 많이 쓸 일 없는 근육을 키우는 것이 특히 중요하다"고 합니다. 무용한 훈련이 아니냐고 투덜거렸더니, 이렇게 말하더군요.

"갑자기 순간 동작을 해야 할 때와 같은 돌발 상황을 대비한 운동입니다. 잘 쓰지 않는 근육의 힘을 기르는 것은 많이 쓰는 근육에도 득이 되는 일이니 명심하셔야 합니다."

아직 돌발 상황은 일어난 적 없고, 많이 쓰는 근육의 근력이 더욱 강해졌는지 알 길은 없지만 전문가의 말이니 그대로 따

르기로 했습니다. 도로에 그치고 말지도 모른다는 의구심이
들지만 그래도 미래를 위해서 말이지요.

지하철 단상

만원 지하철을 타면 남극의 펭귄들이 떠오릅니다. 언젠가 동물 다큐멘터리 프로그램을 본 적 있는데, 펭귄들은 혹독한 겨울을 날 때 서로 밀착해서 추위를 이겨낸다고 하더군요. 지하철 안에 **빽빽**하게 들어선 사람들이 꼭 그렇게 느껴집니다. 펭귄들이 밀착한 의도와는 다르지만 말입니다. 그런데 지하철을 타고 다니다 보면 의아한 모습을 볼 때가 있습니다.

그렇게나 혼잡한데, 굳이 옆 칸으로 가려는 사람들이 왜 그리 많은지요. 환승할 때 이동 거리를 줄이고자 하는 마음도 이해는 가지만 공격 목표를 향하듯 눈에 불을 켜고 우르르 이동하는 모습이 썩 좋아 보이지 않습니다. 사람이 많아 가까스로 서 있는데, 일단의 사람들이 지나가면 여기저기서 비명이 터지는 걸 보면서요. 그러곤 생각하지요.

'뉴욕 지하철에서는 운행 중에 옆 칸으로 움직이는 사람에게 벌금을 부과한다는데….'

정녕 야박한 발상일까요? 또 있습니다. 백팩을 멘 사람들의 좌충우돌입니다. 자신의 뒤에서 어떤 일이 벌어지는지 모른 채 연신 가방으로 다른 사람들을 이리 치고 저리 치고 하는 사람들이 많습니다. 특히 건장한 분이 커다란 백팩을 메고 가까이에 서면 오히려 이쪽이 조심해야 해서 야속한 마음까지 들지요. 이에 대한 해결책 하나가 떠오릅니다.

인사동에 있는 골동품 가게를 보고 떠오른 생각입니다. 가게에는 수천만 원을 호가하는 도자기도 있고, 수백만 원 하는 그릇, 조각, 그림 등도 빼곡하게 들어차 있습니다. 가게 입구에 안내문 하나가 붙어 있습니다. 파손하면 무조건 변상할 것을 경고하는 내용이지요. 특히 백팩을 멘 손님에게는 더욱 주의를 기울여 달라고 당부하고 있습니다. 이걸 본 손님들은 슬며시 백팩을 앞으로 내리며 조심하지요. 지하철에서도 마찬가지로 백팩을 메고 다른 사람들에게 피해를 준 승객에게 변상 청구서를 내밀면 어떨까 싶었지요.

매서운 겨울 날씨만큼이나 마음에 날이 선 스스로를 보며 실소합니다. 너그러움, 여유 같은 말에 더 어울리고 싶은데, 제 바람대로 되기가 참 어렵습니다. 남 탓하기, 실없는 생각하기는 그만두고 저를 먼저 돌아봐야 할 것 같습니다.

216

하산하는 길의 마음가짐

지난 주말 오후 느지막이 뒷산에 다녀왔습니다. 살짝 눈이 내렸고 저녁 어스름이 깔려 오는 시간이라 한 발짝 내딛는 걸음도 조심스러웠습니다. 그런데 산을 거의 다 내려와 그만 넘어지고 말았습니다. 동네가 가까워져 가로등 불빛이 환한 곳에 서였지요.

어둑한 산길에서는 제 몸의 감각을 믿고 신중하게 발을 디뎠으나 가로등 불빛을 보자마자 조심성이 무뎌지고 서두른 게 문제였습니다. 심하게 다치지는 않았지만, '안심하고 있을 때가 가장 위험에 빠지기 쉽다'는 인생사의 진리를 엉덩방아까지 찧으며 깨닫게 되어 씁쓸했습니다.

요즘엔 친구들을 만나면 "인생길 하산을 잘 하자"는 말을 나눕니다. 지금까지는 오르막길 인생이었습니다. 크든 작든 삶의 목표를 이루거나 간혹 실패의 경험을 얻으면서 한 단계 한 단계 열심히 올라왔지요. 누가 먼저 정상에 도착할지 옆 사람도 곁눈질하면서요.

그러나 이제는 내려갈 일만 남은 듯합니다. 인생 오르막길이 그랬듯 내리막길도 순탄하지만은 않을 것입니다. 또 앞만 보고 오르다 갑자기 당도하게 된 내리막길이 낯설고 막막하게 느껴질 수도 있습니다.

그러나 조심조심 저녁 산길 내려오는 마음으로 살아간다면 인생길 하산도 잘 해낼 수 있겠지요. 내딛는 걸음마다 중요하게 생각하며 길가에 핀 '행복'이라는 이름의 들꽃 구경도 좀 하고요. 이제는 시간에 쫓겨 조급할 것이 없지요.

스스로를 믿고 서두르지 않되 매사에 신중하게.

인생 하산하는 길의 마음가짐입니다.

올해는 흰옷을 자주 입고 싶습니다

90세의 나이에 현역으로 활동하는 독일 산업 디자이너 루이지 콜라니. 그의 특별전이 열린다기에 동대문디자인플라자를 찾았습니다. 콜라니는 자연을 관찰하기를 즐겼고 자연에서 많은 영감을 받았습니다. 그의 디자인 철학은 '자연에는 직선이 없다'는 말로 축약할 수 있는데, 실제로 자연의 곡선을 디자인에 녹인 볼펜, 핸드폰, 카메라, 안경, 가구, 자동차, 비행기 등수많은 작품을 세상에 내놓았습니다.

자신만의 독창적인 세계를 지닌 사람들을 보면 늘 그 연유가 궁금해집니다. 콜라니가 독창적인 사고를 하며 자랄 수 있던 데에는 어린 시절, 예술 계통에서 일한 부모님을 둔 덕분일지도 모릅니다. 그의 아버지는 영화세트 건축가, 어머니는 대본 프롬프터로 일했습니다. 그들은 어린 콜라니에게 장난감을 사주는 대신 칼과 톱, 나무토막이 준비된 공작실을 만들어주었다고 합니다. 남다른 교육 철학이지요?

고령의 나이에도 디자이너는 화두를 갖고 매일을 삽니다.

요즘의 최대 화두는 '속도'라며 어떻게 하면 자동차가 더 빨리 달릴지, 비행기가 더 빠르게 날지 늘 생각한다고 합니다. 그는 흰옷을 즐겨 입는데, 스웨터, 구두는 물론 심지어 양말까지 흰색으로 갖춰 신습니다.

"우리가 아주 빠르게 움직일 수 있다면 모든 게 하얗게 보이지 않을까요?"

90세 디자이너의 드레스코드는 '속도'였던 것입니다. 최근 몰두하고 있는 생각을 매일 입는 옷차림으로 표현한 그가 놀라웠습니다. 고여 있지 않고 늘 새로운 꿈을 꾸는 그의 모습에 많이 자극받았습니다. 저도 새해에는 흰옷을 즐겨 입어보렵니다. 콜라니가 찾은 이유가 속도였다면, 저는 모든 것을 받아들이는 흰색을 생각하며 흰옷을 입어볼까 합니다.[2018]

사는 기분

늘 제철 인생으로 사는 일상 탐구

오각진 지음

제1판 1쇄 2020년 1월 23일
제1판 2쇄 2020년 2월 24일

홍시

발행인	홍성택
책임편집	김유진
편집	양이석
표지글자	박선주
디자인	김경선
마케팅	김영란
인쇄제작	정민문화사

(주)홍시커뮤니케이션
서울시 강남구 봉은사로74길 17(삼성동 118-5)
T. 82-2-6916-4481 F. 82-2-6916-4478
editor@hongdesign.com hongc.kr

ISBN 979-11-86198-61-2 03810

이 도서의 국립중앙도서관 출판예정도서목록(CIP)은
서지정보유통지원시스템 홈페이지(http://seoji.nl.go.kr)와
국가자료종합목록시스템(http://www.nl.go.kr/kolisnet)에서 이용하실 수
있습니다.(CIP제어번호: CIP2020000632)

이 책에 수록한 인용문은 아래와 같이 해당 저작권자의 도움을 받았습니다.
함석헌, 『들사람 얼』, 한길사, 2016
일부 미확인 인용문은 확인하는 대로 협의하겠습니다.